A.L.Kahnau

X – In größter Not

Roman

AF200452

A.L.Kahnau

X

IN GRÖSSTER NOT

NOT

Impressum
A.L.Kahnau c/o Papyrus Autoren-Club,
R.O.M. Logicware GmbH
Pettenkoferstr. 16-18
10247 Berlin
a.l.kahnau@gmail.com
www.alkahnau.com

Bibliografische Information der Deutschen Nationalbibliothek:
Die Deutsche Nationalbibliothek verzeichnet diese Publikation
in der Deutschen Nationalbibliografie; detaillierte bibliografische
Angaben sind im Internet über http://dnb.dnb.de abrufbar.

Herstellung und Verlag:
BoD – Books on Demand, Norderstedt

ISBN: 9783744889551

FÜR ALLE, DIE „JETZT ERST RECHT!" RUFEN, WENN DIE SITUATION AUSWEGLOS ERSCHEINT.

KAPITEL 1

HÜLYA

Manche Dinge in unserem Leben betrachteten wir als selbstverständlich. Zum Beispiel den Bus, der uns jeden Morgen in die Schule brachte. Oder unsere Mitschüler, die uns manchmal nervten, manchmal aber auch zu besten Freunden wurden. Das Pausenbrot, das unsere Mütter uns schmierten. Oder dass sie immer ans Telefon gingen, wenn wir sie anriefen. Für die meisten von uns war es selbstverständlich, dass das Essen auf dem Tisch stand, wenn wir nachhause kamen. Oder dass unsere Väter uns spätabends bei Freunden abholten, weil sie es als zu gefährlich erachteten, wenn wir alleine durch die dunklen Straßen liefen. Es war normal, dass Wasser aus dem Hahn floss, wenn wir ihn aufdrehten. Und dass wir in den Supermarkt gehen konnten, um etwas zu essen zu kaufen.

Vor allem unsere Eltern waren eine Selbstverständlichkeit. Sie waren immer da. Immer abrufbereit. Sie waren so lange selbstverständlich, bis sie plötzlich nicht mehr da waren. Und egal, wie viele Jahre vergehen, egal, wie alt du inzwischen bist, du wirst dich nie daran gewöhnen, dass sie weg sind. Irgendwann wirst du vielleicht nicht mehr täglich an sie denken. Aber das Vermissen hört nie auf. Und du klammerst dich an jede Erinnerung, an jedes Kleidungsstück, das nach ihnen duftet, an jeden Gegenstand, der dich mit ihnen verbindet. Du vermisst nicht nur deine Eltern, sondern auch die Sicherheit und Geborgenheit, die sie dir stets vermittelt haben. Auch, wenn es nicht immer rund lief, auch, wenn ihr euch an manchen Tagen am liebsten die Köpfe eingeschlagen hättet, am Ende erinnerst du dich vor allem an die guten Tage. Ich habe mal gehört, dass das eine natürliche Reaktion des Körpers ist. Dass es uns helfen soll, die schlimmen Tage zu überstehen. Und irgendwie schafft man das auch. Man lebt. Man liebt. Aber nie mehr so wie zuvor.

Wenn es eine Sache gibt, die unsere Gruppe, die vielen unterschiedlichen Charaktere, miteinander verbindet, dann ist es der Verlust unserer Eltern. Wir alle sind Vollwaisen und haben damit auch keine Heimat mehr. Keinen Ort, an den wir zurückkehren könnten, um weiterzumachen wie zuvor.

Und ich frage mich, was das mit uns macht. Wie werden wir uns entwickeln? Werden wir jemals eigene Kinder bekommen? Denn die

Gefahr, dass aus ihnen früher oder später ebenfalls Waisen werden, ist ziemlich groß.

Ich schüttele leicht den Kopf, um die tausend Gedankenstränge, die sich darin gebildet haben, zu zerstreuen. Seit wir den Tunnel zum Schloss betreten haben, kann mein Gehirn nicht mehr aufhören zu arbeiten. Es ist ein dummer Fehler, den ich hier mache. Ein dummer Fehler aus emotionalen Gründen. Aber ich kann nicht davon ablassen.

Das kalte Wasser, durch das wir waten, reicht uns an manchen Stellen bis zu den Knöcheln. Obwohl wir diesmal nicht die ganze Strecke im Dunkeln zurücklegen müssen, weil wir von Anfang an das seltsame leuchtende Ei nutzen, sitzt mir die Angst im Nacken. Viel mehr schlurft sie platschend hinter mir her. Denn wir sind umgeben von fünf Infizierten, die sich wie ferngesteuert bewegen. Mila kann noch so oft versichern, dass sie nun alles unter Kontrolle hat, ich traue weder ihr noch den Infizierten. Einer von ihnen läuft so dicht hinter mir, dass er mir immer wieder Wasser gegen die Waden spritzt und mich so unablässig an seine Anwesenheit erinnert.

„Also", Paddy lässt sich ein Stück zu mir zurückfallen und spricht so leise, dass der Rest der Gruppe, der sich gerade über das weitere Vorgehen unterhält, es nicht mitbekommt, „was ist es, was du aus deinem Zimmer holen willst? Dein Tagebuch? Ein Schokoriegel? Tampons?

Was ist dir so viel wert, dass du unseren Plan damit gefährdest?"

Während wir weiter durch das Wasser waten, sehe ich ihn lange von der Seite an. „Ja, Paddy, genau. Es ist ein Schokoriegel. Einer mit Karamellfüllung. Ich würde mein Leben dafür opfern. Du nicht?"

Offensichtlich bemerkt er meinen Sarkasmus, denn er hebt abwehrend die Hände. „Entschuldige, aber ich bin Einiges gewohnt. Drei Jahre mit Naivling Nummer eins haben mich geprägt."

Ich folge seinem Blick nach vorne, wo Mila sich nun in gesenktem Ton mit Raik unterhält. „Sie kommt mir überhaupt nicht naiv vor. Eher … abgestumpft."

Ein Schatten huscht über Paddys Gesicht, doch im Dämmerlicht ist seine Mimik schwer zu erkennen. Obwohl er sich ständig über Mila lustig macht und sie als naiv bezeichnet, bin ich mir sicher, dass sie ihm mehr bedeutet als das, was er nach außen hin zeigt.

„Wir haben uns alle verändert", gibt er leise zu. Es ist ungewohnt, ihn ohne sein ständiges Grinsen zu sehen. Seine oft abfällige und herablassende Haltung hat er in diesem Moment abgelegt und ich habe das Bedürfnis, ihm auch etwas von mir preiszugeben.

„Mein Handy", verrate ich und blicke schnell wieder nach vorne, wo Chris sich stirnrunzelnd zu uns herumdreht. Eine blonde Haarsträhne fällt ihm ins Gesicht. Seine blauen Augen schimmern im schwachen Licht des Sensors leicht grünlich.

Es dauert ein paar Sekunden, bevor Paddy reagiert. „Im Ernst?"

Ich nicke. „Es liegt in einem Karton unter meinem Bett. Ich habe es dort aufbewahrt für den Fall, dass…"

„…dass die Zivilisation wieder Einzug hält?", ergänzt er meinen Satz und ich muss über meine eigene Dummheit lächeln. „Ja." Dann füge ich hinzu: „Gut, der Fall ist nun nicht eingetreten. Aber diese fremden Wesen, die uns das alles eingebrockt haben, haben die Technik und das Know-How, um es wieder ans Laufen zu bringen."

„Und dann?", fragt Paddy. „Wen willst du anrufen?"

„Niemanden. Ich möchte nur die Fotos darauf noch einmal sehen."

Paddy schweigt eine Weile. Dann hält er es nicht mehr aus. „Warum?"

Ich schlucke und werfe einen Blick über die Schulter in Richtung der beiden Infizierten, die uns folgen. Einer von ihnen hat keinen Unterkiefer mehr, was dazu führt, das unablässig eine zähe, stinkende Flüssigkeit aus seinem Rachen heraustropft. „Um mich daran zu erinnern, wer ich einmal war."

Wir kommen wesentlich schneller am Ende des Tunnels an, als ich erwartet hatte. Bald schon sind die Decken so niedrig, dass wir wieder auf alle Viere gehen müssen und unsere Kleidung sich nun vollends mit dem abgestandenen Wasser vollzieht. Mila reicht Raik den Sensor, der neben ihr als Einziger von uns imstande ist, das Ding am Leuchten zu halten und bleibt ein Stück hinter uns zurück. „Es ist schwierig, den Infizierten zu zeigen, wie man krabbelt. Sie haben ja schon Schwierigkeiten mit dem Laufen. Ich muss mich auf sie konzentrieren", erklärt sie leichthin. „Geht ihr schon weiter."

Ich zögere keinen Moment, so viel Abstand wie möglich zwischen mich und die Untoten zu bringen und beschleunige meinen Vierfüßlergang noch einmal. Vor der kleinen Klappe, die uns direkt in das nachgebaute Bergwerk unter dem Schloss führt, halten wir an und lehnen uns mit angezogenen Knien mit dem Rücken gegen die Wand. Raiks dunkle Augen richten sich auf mich.

„Bist du dir sicher, dass du nicht sofort mit uns mitkommen willst?"

Ich nicke. „Es wird niemand merken, dass ich in den Fluren unterwegs bin. Bis auf eine Wache am Tor müssten jetzt alle schlafen. Chris zeigt dir, wo die Sprit-Vorräte lagern. Paddy und ich kommen später nach."

Raik nickt. Er war schneller von meiner Idee zu überzeugen als Chris, der mich immer noch mit gerunzelter Stirn betrachtet. Was wohl daran liegt, dass Chris mich immer noch als das kleine Mädchen sieht, das er im Schloss kennengelernt hat. Er kann sich nicht an den Gedanken gewöhnen, dass ich mich selbst verteidigen kann. Dass er mir keine Bürden und Lasten mehr abnehmen muss. Ich recke das Kinn vor und gebe ihm zu verstehen, dass mein Vorhaben steht und er scheint meine stille Botschaft zu verstehen, denn er wendet den Blick ab und lauscht nun auf das Plätschern hinter uns.

„Sie kommen", brummt er und mir läuft ein Schauer den Rücken hinunter, als ich den ersten Infizierten im grünen Dämmerlicht erkenne. Das kraxelnde Krabbeln mit dem er sich vorwärts bewegt, lässt ihn sogar noch gruseliger erscheinen und ich kämpfe gegen meinen eingeprägten Fluchtinstinkt an.

Einzig Paddy scheint unbeeindruckt von der Leiche, die dort auf uns zusteuert. Er streckt die Hand aus, reibt die Finger aneinander und trällert: „Ja, fein! Komm, putt putt!"

Nicht nur meine Augenbrauen schnellen in die Höhe. Auch Raik und Chris sehen unseren rothaarigen Begleiter ungläubig an, der sich grinsend wieder von dem Infizierten abwendet und Richtung Klappe nickt. „Wir wären dann soweit."

Immer, wenn ich für einen kurzen Moment denke, Paddy ist in Ordnung, zerstört er mein

Vertrauen in ihn mit einem einzigen Fingerschnippen. Während ich mit den flachen Händen links und rechts an den felsigen Wänden des Bergwerks entlangstreiche, starre ich auf seinen Rücken und überlege, was wohl falsch läuft in seinem Kopf. Ob er schon immer so war? Oder haben ihn erst Verluste und Rückschläge so skurril und weltfremd werden lassen?

„Na, bereust du deine Entscheidung gerade?", flüstert Raik mir von hinten ins Ohr und ich schließe kurz die Augen, als sein Atem über meinen Nacken streicht und dort eine feine Gänsehaut hinterlässt.

Dann reiße ich mich zusammen und schüttele den Kopf. „Warum sollte ich?"

Zur Antwort bekomme ich nur ein leises Lachen. Sein Lachen beruhigt mich, weil es bedeutet, dass er sich nicht allzu viele Sorgen macht. Er vertraut mir.

An der steilen Treppe nach oben zögere ich nur ganz kurz, dann steige ich sie hinauf und trete durch den durchsichtigen Plastikvorhang, der die Kälte aus dem Bergwerk fernhalten soll.

Ich atme den altbekannten Geruch nach feuchtem Mauerwerk, Antiquitäten und Staub ein. Ich habe das Gefühl, als wäre ich nie weggewesen und gleichzeitig ist nun alles anders. Ich bin ein Eindringling. Ein Feind in meinem ehemaligen Heim. Niemand hier ist mir mehr wohlgesinnt. Sollten wir erwischt werden, kann ich nicht dafür garantieren, dass wir lebend aus der

Sache herauskommen. Wobei … nach einem Blick über meine Schulter, hin zu Mila und den Infizierten, bin ich mir nicht sicher, ob überhaupt irgendjemand wieder lebend hier herauskommt.

Chris' Finger berühren ganz kurz meinen Handrücken und ich erwidere sein schwaches Lächeln. In seinem Kopf gehen wohl ganz ähnliche Gedanken herum.

„Los?", fragt Paddy mit einem Blick über seine Schulter und ich nicke. Von Gang zu Gang und Raum zu Raum verändert sich das Ambiente. Da in dem ehemaligen Museum, für das das Schlossgebäude in Vorapokalypsezeiten zuletzt genutzt wurde, alles so belassen wurde, wie es war, starren uns die altehrwürdigen Adligen von ihren Gemälden herab streng an, als wir an ihnen vorbeischleichen. Ihre Blicke scheinen uns zu verfolgen und am liebsten würde ich jeden einzelnen Fürsten von Nassau und jede Prinzessin abhängen. Stattdessen versuche ich sie zu ignorieren. Wir schaffen es alle zusammen bis zum Haupteingang, wo wir uns still voneinander verabschieden. Während Chris, Raik, Mila und die Infizierten durch die Tür in den Vorhof treten, schleichen Paddy und ich die Treppe hinauf in den ersten Stock. Die alten Holzstufen knarzen leise unter unseren Schritten und immer wieder halten wir an, um zu lauschen.

Oben angekommen deute ich nach rechts und Paddy folgt mir bis zu meinem und Helens ehemaligen Zimmer. Vor der Tür atme ich tief ein und hoffe, dass die Zimmerverteilung sich nicht geändert hat. Dann drücke ich die Klinke herunter und trete in den dunklen Raum ein. Ich muss ein paar Mal blinzeln, da das Mondlicht, das uns bisher den Weg gewiesen hat, durch das Sprossenfenster nicht richtig eindringen kann. Als sich meine Augen an die Dunkelheit gewöhnt haben, bewege ich mich behutsam weiter in den Raum und stelle fest, dass alles noch so ist, wie ich es zurückgelassen habe. Es scheint, als hätte nach mir niemand mehr den Raum betreten.

Erleichtert gehe ich vor meinem kleinen Holzregal in die Hocke und ziehe die Pappkiste hervor, die ich im untersten Fach verstaut habe. Ein schneller Blick hinein genügt, um sicherzugehen, dass noch alles da ist. Aber wenn ich schon einmal da bin… Ich gehe zu meinem Kleiderschrank, ziehe einen Stoffbeutel heraus und stopfe ihn mit frischer Unterwäsche voll. Slips, BHs, Socken. Alles, was ich in der Eile zurückgelassen habe. Außerdem noch meinen Kamm und eine Zahnbürste. Dann hänge ich mir den Beutel quer über die Schultern, klemme mir die Box unter den Arm und nicke Paddy zu. „Das war's."

Er nickt ebenfalls, dreht sich herum und stößt gegen ein Hindernis, das eben noch nicht da war.

„Was macht ihr hier?", kreischt eine unangenehm bekannte Stimme.

„Nerv!" Ich japse seinen Namen mehr, als dass ich ihn ausspreche. Der blonde Junge steht mit verschränkten Armen und trotzigem Gesichtsausdruck im Türrahmen und versperrt uns den Weg.

Paddy scheint für einen Moment überrumpelt zu sein, dann fängt er sich und schiebt den Zehnjährigen einfach mit einem Arm zur Seite. „Schnauze, Kleiner", zischt er im Vorbeigehen. Unsicher folge ich Paddy in den Flur, den Blick dabei stets auf Nerv gerichtet.

„Das sage ich!", keift er uns hinterher und ich zucke bei seinen lauten Worten zusammen. Sofort ist Paddy wieder bei ihm, packt ihn mit einer Hand am Hals und drückt ihn mit dem Rücken an der Wand hoch, als würde es sich nicht um einen Jungen, sondern lediglich um ein kleines Säckchen Sand handeln.

Mit bedrohlich tiefer Stimme knurrt Paddy: „Noch ein einziges Wort und du bist tot. Verstanden?"

Nerv bringt nicht einmal ein Nicken zustande. Seine Füße zappeln in der Luft, mit den Fingern versucht er, Paddys Griff um seinen Hals zu lockern.

Bei der Erinnerung an dieses Gefühl bleibt mir selbst die Luft weg und ich trete schnell auf die beiden zu und lege Paddy eine Hand auf den Arm.

„Lass ihn los. Du erstickst ihn", flüstere ich. Als der Junge keuchend zu Boden gleitet, gehe ich neben ihm in die Hocke und berühre sachte sein Knie.

„Nils. Ich weiß, wir waren nie die besten Freunde. Aber ich weiß, dass du nicht dumm bist und dass du auch ein kleines Fünkchen Anstand besitzt. Wenn du uns verrätst, bedeutet das, dass wir sterben werden. Verstehst du das? Ich brauche nur diesen Karton. Er gehört mir und ihr könnt damit sowieso nichts anfangen. Also bitte. Gehe einfach zurück in dein Bett und vergiss, dass wir hier waren."

Einen Moment schweige ich und betrachte den Jungen, der eingesunken vor mir sitzt. Er hebt seinen Blick nicht. Eine einzelne Träne tropft von seinem Kinn auf meinen Handrücken. Schniefend nickt er und ich atme erleichtert aus. „Ich danke dir."

Ich stehe auf und eile hinter Paddy die Treppe hinunter, immer darauf bedacht, die knarzenden Stellen möglichst zu überspringen.

Wir sind gerade bei der Tür angekommen, als ich Nervs Schreien hinter mir höre: „Mama! Papa! Sie sind wieder da!"

Die Hand auf der Klinke schließe ich vor Enttäuschung kurz die Augen. Paddy schnaubt neben mir. „Verdammte Scheiße! Was ist das für ein Teufelskind? Hättest du mich ihn bloß töten lassen."

Ich ignoriere seine Schimpftirade, ziehe die schwere Holztür auf und will gerade aus dem Schloss flüchten, als ein Knall ertönt und das Holz über meinem Kopf splittert.

Am Treppenabsatz steht Henry. In seinen Händen ein Gewehr.

KAPITEL 2
RAIK

Ein Schuss durchreißt die angespannte Stille und alle bis auf die fünf Infizierten, die uns Deckung geben, während wir Kanister für Kanister aus dem Versteck hinter dem Brunnen holen, zucken zusammen.

Zum ersten Mal sehe ich eine echte Gefühlsregung in Milas Gesicht. Angst. Doch sie fängt sich schnell und sieht mich abwartend an, als erwarte sie, dass ich die nächsten Anweisungen gebe. Chris lässt den Kanister fallen, den er mir gerade geben wollte und stößt mich grob beiseite, um sich an mir und den Infizierten vorbei zum Haupteingang zu drängen. Im letzten Moment kann ich ihn noch aufhalten.

Vom Tor her sind schnelle Schritte zu hören. Der Wachposten. Spätestens jetzt ist an eine unauffällige Flucht durch den Tunnel nicht mehr zu denken. Als Anton, Helens Vater, um die Ecke stürzt und uns entdeckt, spiegelt sein

Gesicht all seine Emotionen innerhalb von Sekunden. Überraschung, als er unsere Gruppe sieht. Wut, als er mich erkennt. Entsetzen, als er die Untoten bemerkt. Als er hastig nach seiner Waffe greift, fällt ihm die Pistole beinahe aus seinen hektischen Händen, doch dann richtet er sie auf uns. Der Lauf schwankt zwischen den Infizierten und mir hin und her. Seinen Finger kann ich selbst in der nächtlichen Dunkelheit über dem Abzug zittern sehen.

Niemand spricht ein Wort, wir sind alle wie erstarrt. Aus dem Augenwinkel sehe ich Mila tief einatmen. Ihr Blick ist nicht auf Anton gerichtet, sondern auf den Haupteingang, der sich nun öffnet. Hülya und Paddy stolpern rücklings die Steinstufen hinunter und landen im hellen Kiesbett davor. Ein kleiner Pappkarton landet neben Hülya, sein Inhalt verteilt sich über den Steinen. In der offenen Tür erscheint ein groß gewachsener Mann, der Vater des Jungen, den Hülya immer Nerv nannte. Auch er ist bewaffnet und sein Gesichtsausdruck wild entschlossen. Hinter ihm erscheint der kleine Nerv, breit grinsend.

Chris ist der erste, der sich aus seiner Starre löst. Er macht Anstalten, zu Hülya zu laufen, doch ein Zucken von Antons Waffe lässt ihn innehalten.

„Niemand bewegt sich!", knurrt der Mann, dessen Augen sich sofort wieder auf die Infizierten richten. Sein Entsetzen wurde inzwischen von Verwirrung abgelöst, denn die fünf rühren sich immer noch nicht von der Stelle. Ihre Köpfe sind gesenkt, die Arme hängen schlaff an ihren Körpern herab.

Inzwischen sind auch die Mutter des Jungen, Lottie, und die Gruppenführerin Anna dazu gestoßen. Anna schiebt sich an Henry vorbei, wobei sie von Lottie gestützt wird. Ich betrachte die alte Frau voller Argwohn. Sie mag schwach erscheinen, doch in ihren Augen leuchtet ein unheilvolles Feuer.

„Was ist hier los?", will sie wissen.

Henry deutet mit dem Gewehr erst auf Hülya und Paddy und dann auf uns. „Sie sind hier eingebrochen und wollten uns offensichtlich bestehlen." Er zögert, als er die Infizierten erblickt. Sämtliche Farbe weicht aus seinem Gesicht. Offenbar hat er bis eben nicht bemerkt, dass es sich bei den fünf Fremden um Untote handelt. Sofort hebt er sein Gewehr wieder an, den Finger am Abzug. Auch Anna betrachtet die wandelnden Leichen, doch im Gegensatz zum Rest ihrer Gruppe scheint sie weder überrascht noch erschrocken zu sein. Ihre Augen verengen sich kurz zu schmalen Schlitzen, dann wandern sie weiter zu mir und anschließend zu Mila. „Wer bist du?"

Mila erwidert Annas Blick schweigend. Sie wirkt vollkommen ruhig, nur die Finger ihrer rechten Hand bewegen sich fast unmerklich. Gleichzeitig bewegt sich auch die Hand eines der Untoten. Es ist nur ein kurzes Zucken und offensichtlich hat es niemand außer mir bemerkt, doch mein Herz schlägt augenblicklich etwas schneller. Was hat sie vor?

Mila zieht es immer noch vor zu schweigen. Die Stimmung ist so angespannt, dass ich befürchte, Antons zitternde Hand könnte gleich versehentlich den Abzug betätigen. Doch es ist Chris, der als nächstes reagiert. Langsam hebt er die Hände hoch und tritt einen Schritt vor. „Vielleicht sollten wir uns erst einmal alle beruhigen."

Annas Blick huscht zu ihm hinüber und wieder zeigt sich, dass sie nicht ganz so gebrechlich ist, wie sie immer tut. „Ihr brecht hier ein, bestehlt uns und bringt auch noch Infizierte mit in unser Heim?" Ihre Stimme bebt vor Wut. „Warum tust du das, Chris?"

Ihre direkte Ansprache scheint ihn zu treffen. Er senkt kurz den Blick und sammelt sich. „Wir wollten niemandem hier etwas tun. Die ...", er denkt kurz über die richtigen Worte nach, „die Infizierten sind zu unserem Schutz da."

„Wie macht ihr das?", will nun Henry wissen. „Wieso gehorchen sie euch?"

Einer der Untoten gibt ein leises Stöhnen von sich. Mila wirkt angespannt. Ich beobachte sie aus dem Augenwinkel. Ein Schweißtropfen rinnt an ihrer Schläfe herab. Ist das normal? Sie wirkt sonst nie so angestrengt.

Der stöhnende Laut lässt Anton erschrocken nach Luft schnappen. Seine Waffe richtet sich auf den Infizierten. Dann sucht er Annas Blick. „Wir sollten sie jetzt erschießen. Erst die Infizierten, dann den Rest."

„Anton!" Hülyas Stimme klingt fest, obwohl sie immer noch auf dem Boden kniet und sich nicht dort weg bewegt. „Du willst uns erschießen? Ist das dein Ernst?"

„Das ist der Mörder meiner Tochter!", schreit Anton und richtet die Waffe augenblicklich auf mich. Ich sehe den Lauf zittern. Und ein kleiner Teil in mir wünscht sich, er würde einfach schießen. Verdient hätte ich es. Denn alleine die Erinnerung an den toten Körper seiner Tochter in meinen Armen zerreißt mich innerlich.

„Das wurde nie bewiesen", hält Hülya dagegen, „ihr habt ihn zum Schuldigen gemacht. Und jetzt willst du ihn töten und selbst zum Mörder werden?" Sie richtet sich auf und starrt nun zu Henry hinauf. „Und du? Willst du uns vor den Augen deines Sohnes abknallen? Sieh ihn dir doch an. Sieh dir an, was diese Welt aus ihm gemacht hat. Ihr redet von Mord und er grinst, als gäbe es nichts Schöneres für ihn."

Alle folgen ihrem Blick zu Nerv, der sich schnell hinter seinem Vater ins Innere des Schlosses zurückzieht. Hülya holt tief Luft und sieht kurz zu uns herüber, als wollte sie sich unser Einverständnis holen, um weiterzusprechen. „Wir sind hier, weil wir eine Lösung gefunden haben. Es gibt einen Funken Hoffnung, dass wir dem ganzen Albtraum ein Ende bereiten können. Aber dafür brauchen wir Sprit. Keine Sorge, wir lassen euch noch genug hier und nehmen auch keines eurer Autos mit. Wir brauchen nur den Sprit. Das ist alles. Dann gehen wir und ihr seht uns nie wieder."

Stille kehrt ein, während wir alle gespannt auf die Reaktion der Gruppe warten. Schließlich ist es Anna, die mit klarer Stimme spricht. „Eine Lösung?" In der Dämmerung des Morgens schimmern ihre Augen gräulich. „Der Untergang ist nicht mehr aufzuhalten. Das wisst ihr genauso gut wie wir. Also nein. Ihr werdet nichts von uns bekommen. Und ihr werdet das Schlossgelände auch nicht mehr verlassen." Sie richtet den Blick auf Anton, der ihn entschlossen erwidert. „Erschießt sie." Mit einem ihrer krummen Finger deutet sie auf Mila. „Sie zuletzt."

Ab jetzt geschieht alles sehr schnell. Als der erste Schuss ertönt, ducken wir uns alle weg, nur der Infizierte, der getroffen wurde, taumelt ein paar Schritte zur Seite. Anton ist so nervös, dass er keinen Kopftreffer erzielt hat. Paddy reißt Hülya am Arm mit und zieht sie in Richtung Tor. Der zweite Schuss wird von Henry abgefeuert, der diesmal einen Volltreffer landet. Der Infizierte sackt in sich zusammen und bleibt regungslos liegen. Chris und ich zögern nicht mehr länger. Wir schnappen uns jeder einen

Kanister und sprinten hinter den anderen her. Weitere Schüsse knallen über uns hinweg, eine Kugel zischt so dicht an meiner rechten Schulter vorbei, dass sie dort eine heiße Spur hinterlässt.

Beim Tor halten wir notgedrungen an, während Hülya und Chris sich am Torschloss zu schaffen machen. Paddy schaut sich suchend um. „Wo ist Mila?"

Erst jetzt fällt mir auf, dass sie uns nicht gefolgt ist. Ohne zu überlegen renne ich Paddy hinterher zurück in den Vorhof.

Dort hockt Mila auf dem Boden, die Arme schützend über den Kopf gelegt, während die vier verbliebenen Infizierten offenbar unkontrolliert durch die Gegend wanken. Drei von ihnen bewegen sich auf den Haupteingang zu, in dem nun nur noch Henry Stellung hält. Immer wieder feuert er Schüsse ab, doch nur wenige treffen überhaupt ihr Ziel. Die Bewohner des Schlosses sind in den letzten Jahren faul und nachlässig geworden. Sie waren sich ihrer Lage zu sicher und sind aus der Übung gekommen.

Auch Anton wird von einem Infizierten bedrängt. Er stolpert rückwärts über den Kies, während ein Knall nach dem anderen ertönt.

Bei Mila angekommen, ziehen Paddy und ich sie auf die Füße. Ihre Augen sind schreckgeweitet, der Mund vor Schmerz verzerrt. „Mein Kopf. Mein Kopf tut so weh", presst sie hervor und sackt zwischen uns weg. Paddy flucht leise, schlingt seine Arme unter ihre Schultern und

Kniekehlen und bedeutet mir mit einem Kopfnicken, ihm zu folgen. Milas Kopf und ihr rechter Arm hängen schlaff herunter, doch wir können uns nicht weiter um sie kümmern. Zuerst müssen wir hier raus. Auf halbem Weg zum Tor kommen uns Hülya und Chris entgegen.

„Wir müssen doch eines der Autos nehmen", instruiert uns Chris nach einem kurzen Blick auf die bewusstlose Mila. „Der Krach hat sämtliche Infizierten in der Umgebung angelockt. Sie belagern das Tor. Zu Fuß kommen wir da nicht mehr durch."

„Wo ist der Schlüssel?", frage ich und schaue nervös über die Schulter.

„Wenn wir Glück haben, sind sie noch zu keiner neuen Tour aufgebrochen, seit Hülya und ich das letzte Mal unterwegs waren", meint Chris. „Ich hab den Schlüssel stecken lassen."

Ohne weitere Umschweife biegen wir nach rechts ab und umrunden das Schloss. Hinter uns ertönt ein markerschütternder Schrei. Anton. Aber wir drehen uns nicht um. An dem kleinen roten Auto angekommen, reißt Chris an der Fahrertür, die tatsächlich sofort aufspringt. Ich werfe die Benzinkanister in den Kofferraum und springe anschließend auf den Beifahrersitz, während Hülya und Paddy sich mit der immer noch bewusstlosen Mila auf den Rücksitz schieben.

Das Zuschlagen der Autotüren lässt uns alle erleichtert aufatmen, doch dann zischt Chris: „Scheiße!"

Sofort huscht mein Blick in Richtung Zünd-schloss. Kein Schlüssel.

„Wo ist er?", fragt Hülya, die sich an Chris' Kopfstütze nach vorne gezogen hat und ihm über die Schulter schaut.

„Ich weiß es nicht", gibt er zurück und be-ginnt hektisch das Armaturenbrett und den Fuß-raum abzusuchen. Währenddessen öffne ich das Handschuhfach und wühle mich durch alte Bonbonpapierchen, halb zerfallene Quittungen und andere inzwischen sinnlose Papiere.

„Ey Leute, ich will euch ja nicht hetzen. Aber wir bekommen Gesellschaft", meint Paddy, der sich in seinem Sitz halb herumgedreht hat, um durch die Heckscheibe die Umgebung im Auge zu behalten. Seinen Worten folgt gleich darauf ein Knall und der Außenspiegel auf meiner Seite des Autos zerbirst in tausend kleine Scherben. Zähneknirschend taste ich weiter in dem vollge-stopften Fach herum, schiebe alles heraus, was sich nicht wie ein Schlüssel anfühlt.

Ein weiterer Schuss ertönt und diesmal trifft die Kugel in den Kofferraum. Hülya schreit leise auf und duckt sich tiefer in ihren Sitz.

„Henry!", knurrt Chris nach einem kurzen Blick über die Schulter.

„Lasst mich an die Kabel! Ich starte den Wa-gen so", fordert Paddy, doch Chris schüttelt den Kopf. „Dafür bleibt keine Zeit."

Nun wage ich auch einen Blick zurück. Henry stapft weiter wütend auf unser Auto zu, die Waffe auf uns gerichtet.

„Steigt aus!", brüllt er und feuert gleichzeitig noch einen Schuss ab, der offensichtlich eines der Rücklichter zerschlägt. Anscheinend will er das Auto nicht vollends zerstören, sonst hätte er schon auf die Heckscheibe gezielt.

„Such weiter!", fordert mich Chris auf. „Er muss hier irgendwo sein."

Meine Bewegungen werden fahriger, Blätter und Müll fallen in den Fußraum und dann klimpert etwas.

„Ich hab ihn!", rufe ich und alle jubeln auf. Beinahe rutscht uns der Schlüssel aus den Händen, als ich ihn Chris übergebe und er ihn hektisch in das Schloss schiebt. Dann lässt er endlich den Motor an.

Ein Donnern ertönt hinter uns und als ich mich herumdrehe, blicke ich direkt in den Lauf der Pistole.

Henrys Gesicht ist vor Wut verzerrt. Fremdes Blut klebt an seinen Wangen.

„Steigt aus!", wiederholt er und schlägt noch einmal mit der flachen Hand auf den Kofferraum.

„Gib Gas!", fordert Paddy Chris auf, doch der schüttelt stur den Kopf.

„Ich kann ihn doch nicht umfahren."

„Wenn du es nicht tust, erschießt er uns!", erinnere ich ihn und mehr braucht es nicht, um Chris zu überzeugen.

KAPITEL 3

HÜLYA

Chris' und mein Blick treffen sich im Rückspiegel. Während in meinen Augen eine wilde Panik liegt, wirken seine plötzlich sehr traurig. Als er den Rückwärtsgang einlegt und das Gaspedal durchtritt, schließe ich sie und wünsche mir kurz, ich wäre ebenfalls ohnmächtig, sodass ich das Humpeln und Poltern des Autos und den schmerzerfüllten Schrei nicht mitbekommen muss. Das Auto wippt von links nach rechts, als es den menschlichen Körper überrollt, als wäre er lediglich ein Hügel auf einer unbefestigten Landstraße. Ich klammere mich mit einer Hand an der Tür und mit einer an Chris' Kopfstütze fest, um nicht zu sehr herumgeschaukelt zu werden.

Erst, als Chris auf dem Hof wendet und Richtung Tor rast, öffne ich die Augen wieder. Ich drehe mich nicht um, um mich zu überzeugen, ob unser Angreifer tot ist. Selbst, wenn er es nicht ist, wird er nicht mehr die Kraft haben, uns zu verfolgen. Kurz vor dem Ausgang stoppt Chris und wie auf ein stilles Kommando springe ich aus dem Auto und öffne das Tor. Die alten Scharniere quietschen in ihren Halterungen, als die Holzbarrikade schwerfällig aufschwingt.

Was mich davor erwartet, lässt mich für eine Sekunde erstarren. Dutzende Infizierter lauern in den Straßen, angelockt vom Lärm im Innenhof. Ihr Raunen und Stöhnen wird in der Menge zu einem dröhnenden Laut, der mir einen unangenehmen Schauer den Rücken hinunterjagt. Langsam trete ich einen Schritt zurück, als sie sich in Bewegung setzen.

„Schnell! Schnell! Schnell!", ruft Chris mir aus dem geöffneten Fenster zu, winkt mit einer Hand und löst damit meine Erstarrung. So schnell, dass mir kurz schwindelig wird, wirbele ich herum und springe zurück ins Auto. Chris kurbelt das Fenster hoch und gibt gleichzeitig Gas. Das Auto rumpelt und poltert durch die Menge der Untoten, stößt sie beiseite oder überrollt sie wie zuvor Henry. Oberkörper prallen auf die Motorhaube und werden anschließend unter dem Auto begraben. Knochen werden zermalmt, Schädel gespalten. Jedes Mal, wenn einer der Reifen den Bodenkontakt verliert, bete ich, dass wir uns nicht festfahren.

Erst, als die Straßen wieder frei sind und Chris das Tempo ein wenig zügelt, entspanne ich etwas und löse meine verkrampften Finger aus den Sitzpolstern.

Raik atmet ebenfalls tief durch, reibt sich über die Schläfen, als wollte er einen Kopfschmerz vertreiben und öffnet dann noch einmal das Handschuhfach. „Eine Straßenkarte wäre nicht schlecht, nicht wahr?", murmelt er, während er sich diesmal etwas ruhiger durch den Inhalt des Fachs wühlt.

„Da brauchst du gar nicht erst suchen", erwidere ich. „So etwas hatten wir nicht. Wir hatten ja ein Navi und unsere Handys."

Paddy verändert seine Sitzposition ein wenig und legt Mila, deren Oberkörper er bis eben noch umklammert hielt, vorsichtig auf seinem Schoß ab. „Das war dein Auto?"

Ich nicke und deute auf das kleine Familienportrait, das am Innenspiegel baumelt. „Das meiner Eltern."

„Wir sollten über Landstraßen fahren", meint Chris und ich bin mir sicher, dass er mir zuliebe das Thema wechselt. „Die Autobahnen sind zu unsicher und könnten teilweise noch gesperrt sein."

Raik schüttelt den Kopf. „Aber niemand von uns hat eine Ahnung, welche Straßen wir nehmen müssen. Über die Autobahn könnte ich uns lotsen."

„Ich bin auch für die Autobahn", meint Paddy. „Je schneller wir voran kommen, desto besser."

Raik dreht sich so weit in seinem Sitz herum, dass er mich ansehen kann. „Und du?"

Mein Blick huscht kurz zu Chris hinüber, der mich über den Innenspiegel beobachtet. „Autobahn", sage ich schließlich und er konzentriert sich wieder auf die Straße.

„A4 Richtung Köln", weißt Raik Chris an, der ihm einen finsteren Seitenblick zuwirft.

„Das weiß ich selbst."

„Wir müssten knapp über zwei Stunden brauchen, wenn alles gut geht", spricht Raik unbeirrt weiter. "Wie viel ist noch im Tank?"

„Beinahe leer", antwortet Chris. „Aber wir sollten erst mal aus der Stadt raus, bevor wir etwas nachfüllen."

Langsam fällt die Anspannung von mir ab. Ich lehne den Kopf an die Scheibe und lasse die Umgebung an mir vorbeiziehen. Vielleicht ist es das letzte Mal, dass ich Siegen sehe. Wer weiß, was uns in Maastricht erwartet. Maastricht. Vor ein paar Jahren wäre es noch nichts Besonderes gewesen, wenn ich mit meinen Eltern dorthin gefahren wäre. Wir haben oft Städtetrips unternommen. Nun kommt es mir vor wie eine Weltreise. Eine Reise ins Unbekannte. Ob es in Maastricht wohl ähnlich zugeht wie hier? Oder schlimmer?

Und wie wollen wir die Kapsel finden, wenn Mila nicht aufwacht? Mein Blick wandert zu dem schlafenden Mädchen hinüber, dessen Sommersprossen sich von der blassen Haut abheben.

Mir entgeht nicht, wie Paddy ihr einzelne, vom Schweiß verklebte Haarsträhnen aus der Stirn streicht. Ich schenke ihm ein kleines Lächeln, in der Hoffnung, dass es optimistisch aussieht. Doch als er es erwidert, wirkt seines genauso gezwungen wie meins.

„Sag mal", hören wir Raiks Stimme von vorne, „hat euer Auto schon immer so gestunken?"

Ich schnuppere und verziehe das Gesicht. „Riecht nach Benzin, oder?"

Kaum habe ich die Worte ausgesprochen, schauen wir uns alle entsetzt an.

„Die Kanister!", ruft Chris und tritt so plötzlich auf die Bremse, dass Mila fast von Paddys Schoß herunterrutscht.

Schon bevor die Klappe ganz geöffnet ist, dringt ein beißender Gestank in meine Nase.

„Scheiße!", fluche ich, als ich die durchlöcherten Kanister entdecke, die in einer Pfütze aus Benzin schwimmen. Hustend trete ich einen Schritt zurück.

Chris, der neben mir steht, stöhnt gequält und reibt sich mit einer Hand über das Gesicht. „Henry muss sie durchlöchert haben, als er auf den Kofferraum gezielt hat."

„Glück im Unglück würde ich sagen", meint Paddy und deutet auf das Einschussloch in der Rückenlehne. „Die Kanister haben die Kugel zumindest soweit abgefangen, dass sie uns nicht mehr erreicht hat."

Raik schnaubt, wendet sich kurz ab und fährt sich aufgebracht mit den Händen durch die strubbeligen Haare. „Also kein Sprit mehr. Und wir sind nicht mal aus der Stadt raus." Er deutet auf das große Kinogebäude links von uns. „Wie weit kommen wir noch mit dem, was im Tank ist?"

Chris zuckt mit den Schultern. „Wenn wir Glück haben fünfzig bis hundert Kilometer. Dann müssen wir uns etwas anderes suchen."

„Das ist besser als nichts", werfe ich ein und versuche wieder so optimistisch wie möglich zu klingen.

Raik schüttelt grimmig den Kopf. „Das bedeutet aber auch, dass wir es heute nicht bis nach Maastricht schaffen, wenn wir kein anderes Auto finden."

„Dann suchen wir uns eben eine Übernachtungsmöglichkeit", versuche ich die Situation zu retten. Doch die Jungs scheinen nicht sonderlich beeindruckt von meinem Enthusiasmus.

Tatsächlich müssen wir auf dem Autobahnzubringer zuerst eine Barrikade aus dem Weg räumen. Als das Virus damals ausbrach, wurden diese Barrikaden überall im Umkreis errichtet, um die Menschen daran zu hindern, das Gebiet zu verlassen und die Krankheit weiter zu verbreiten. Nun sind sie so sinnlos, wie das Navi, das im Handschuhfach unseres Autos schlummert.

Wenigstens sind die Straßen dadurch frei und nicht durch parkende Autos blockiert. Chris kann ungehindert Gas geben und durch die offenen Fenster dringt frische Luft ein und verdrängt zumindest ein wenig den unangenehmen Gestank. Im Auto schlafen wird für uns nicht möglich sein, wenn wir nicht am Benzingestank ersticken wollen, aber immerhin kommen wir momentan noch schnell und bequem vorwärts. Ich strecke einen Arm aus dem Fenster heraus und genieße den kühlen Wind, der dagegen drückt. Wenn ich den Arm leicht auf und ab bewege, fühlt es sich fast an, als würde ich fliegen.

„Ein bisschen Musik wäre jetzt nicht schlecht", ruft Paddy gegen den Wind an.

„Was hättest du denn gerne?", erwidert Chris von vorne. „Highway to hell?"

Ich nicke und murmele die Liedzeilen vor mich hin.

Raik stöhnt. „Danke, den Ohrwurm werde ich jetzt den ganzen Tag nicht mehr los." Wieder reibt er sich über die Schläfen, als würde mein leiser Gesang ihm Kopfschmerzen bereiten.

„Alles in Ordnung?" Ich beuge mich ein Stück vor, um ihn genauer betrachten zu können. Dunkle Schatten liegen unter seinen Augen, die schwarzen Haare peitschen im Fahrtwind um seine gefurchte Stirn. Der Dreitagebart, der seit kurzem sein Gesicht ziert, lässt ihn noch finsterer erscheinen. Er wendet sich von mir ab und nickt, während er sich der vorbeiziehenden Landschaft widmet.

Sein Verhalten beruhigt mich keinesfalls und augenblicklich fällt mein Blick wieder auf die schlafende Mila. Wenn sie schläft, was sie sonst nie tut, kann sie dann noch die Barrikade in Raiks Kopf zu Marek aufrechthalten? Oder beginnt die Mauer langsam zu bröckeln?

KAPITEL 4

RAIK

Hämmernder Schmerz. Das ist alles, was ich momentan spüre. Als würde jemand mit einem Vorschlaghammer von innen gegen meinen Kopf stoßen. Im Sekundentakt. Immer und immer wieder. *Es ist der Benzingestank*, versuche ich mir einzureden. Aber eigentlich weiß ich es besser. Mila ist jetzt seit einer halben Stunde bewusstlos und von Minute zu Minute geht es mir schlechter. Im Außenspiegel beobachte ich, wie Paddy das schlafende Mädchen besorgt betrachtet.

„Wie geht es ihr?", fragt Chris über die Schulter gewandt nach hinten.

Paddy zuckt mit den Schultern. „Unverändert. Es wirkt, als würde sie einfach nur friedlich schlafen."

„Na, vielleicht hat sie das nötig nach drei Jahren ohne Schlaf", knurre ich und bin selbst überrascht über die Schärfe, die in meiner Stimme liegt.

Chris betrachtet mich mit gerunzelter Stirn, bis ich ihn anbelle, sich auf die Straße zu konzentrieren. Was wir jetzt am wenigsten gebrauchen können, wäre sich bei 160 Kilometern die Stunde auf der Autobahn zu überschlagen.

Obwohl… Es wäre schnell vorbei. Wenn wir Glück haben, kommen wir dabei alle ums Leben. Es wäre ein Gnadenstoß… Stöhnend reibe ich mir mit einer Hand über das Gesicht. Das sind nicht meine Gedanken. Das bin ich nicht. Das…

„Sie sollte ihren Dornröschenschlaf jetzt lieber beenden", presse ich zwischen zusammengebissenen Zähnen hervor. Mein Zeigefinger beginnt unkontrolliert zu zucken. Tippt in einem immer schneller werdenden Takt auf meinen Oberschenkel.

„Scheiße", flucht Hülya von hinten und rüttelt an Milas Schulter. „Mila!", ruft sie gegen den Fahrtwind an. „Mila, wach auf! Komm schon!"

Paddy stößt ihre Hand beiseite und funkelt sie wütend an. „Das bringt auch nichts. Hab noch nie erlebt, dass jemand so aus einer Ohnmacht erwacht ist."

„Wasser", wirft Chris ein. Seine Hände sind so fest um das Lenkrad gekrallt, dass die Knochel weiß hervortreten. „Schüttet ihr Wasser ins Gesicht."

Während Hülya Paddys Rucksack aus dem Fußraum hervorholt und nach der einzigen Flasche sucht, die wir dabei haben, versuche ich mich auf die bewaldete Landschaft rechts von mir zu konzentrieren. Ich versuche, Baumarten zu bestimmen, um mich von dem Hämmern in meinem Kopf abzulenken.

„Ich hab sie!", ruft Hülya, doch ich kann den Blick nicht vom Wald abwenden. Zwischen den Bäumen blitzt etwas auf. Nur für den Bruchteil einer Sekunde, dann erlischt das Licht wieder. Doch ein paar Meter weiter sehe ich es wieder. Etwas reflektiert in der Sonne und es bewegt sich. Schnell.

Hinter mir gluckert das Wasser aus der Flasche und ich schlucke, um den Durst zu vertreiben, der bei dem Geräusch auf meiner Zunge entsteht. Meinen Blick wende ich nicht vom Wald ab. Ich beuge mich noch ein Stück vor, kneife die Augen gegen den Wind zusammen und durchforste den dichten Baumbestand.

Sie kommen, höre ich seine Stimme in meinem Kopf und zucke vom offenen Fenster zurück. Meine plötzliche Bewegung scheint auch Chris zu erschrecken, der kurz das Lenkrad verreißt. Das Auto schlingert von links nach rechts und wieder zurück, bis Chris die Kontrolle zurückerlangt hat. Mein Atem geht so schnell, dass meine Lungen sich schmerzhaft zusammenkrampfen.

Dann, endlich, höre ich Mila hinter mir keuchen. Sie schnappt nach Luft, als wäre sie gerade aus einem tiefen See aufgetaucht.

„Oh Gott sei Dank", seufzt Hülya und sofort spüre ich ihren Blick auf mir ruhen. „Wie geht es dir?"

Ich schüttele stumm den Kopf. Zu mehr bin ich nicht in der Lage, denn das Hämmern breitet sich gerade zu einem monotonen Dröhnen aus. Mein Sichtfeld verschwimmt und ich muss die saure Galle hinunterschlucken, die mir gerade den Hals hinaufdrängt.

„Sie muss erst richtig zu sich kommen", meint Paddy und hilft Mila, sich aufzurichten. Sie wischt sich fahrig mit einer Hand die verschwitzten Haare aus dem Gesicht. Entweder liegt es an dem Karussell in meinem Kopf oder ihr ist ebenfalls schwindelig. Denn sie schwankt leicht hin und her, während sie versucht, ihre Umgebung in Augenschein zu nehmen.

Ich sinke stöhnend ein Stück tiefer in meinen Sitz und lehne den Kopf an die Stütze hinter mir, als ein gleißender Schmerz durch meine Schläfe fährt.

„Seit wann geht das so?" Milas Stimme klingt rau, aber aufmerksam.

„Etwa seit zehn Minuten", antwortet Hülya, was sie danach sagt, kann ich nicht mehr verstehen, weil das Dröhnen in meinem Kopf zu einem ohrenbetäubenden Krach anschwillt. Ich schließe die Augen, bin gefangen in mir selbst. Die Dunkelheit schließt mich ein, zieht mich zu sich hinunter. Ein leises Lachen ertönt und mit Schrecken stelle ich fest, dass es aus meinem

Mund kommt. Doch das bin nicht ich, der da lacht.

Dann durchdringt ein Licht das Schwarz. Wie ein Suchscheinwerfer schwankt es umher und fokussiert sich dann auf mich. Es ist eine Wohltat, als es mich erfasst und ich ihm folgen kann. Gedämpfte Stimmen dringen an meine Ohren. Eine Hand fasst nach meinem Arm. Und als ich erschöpft den Kopf drehe, sehe ich in Hülyas mandelförmige Augen. Ein leichtes Lächeln spielt um ihre Lippen. Dann wendet sie sich von mir ab. „Er ist wieder da."

Noch einmal schließe ich die Augen, grabe die Finger in das Sitzpolster und spüre den Fahrtwind auf meinem Gesicht. Ich bin wieder da. Er ist weg.

Mein Blick wandert zurück zum Waldrand, doch dort ist nichts Auffälliges mehr zu sehen.

„Sie kommen", wiederhole ich leise murmelnd seine Worte.

„Was?", klingt Milas Stimme vom Rücksitz. Ich drehe mich zu ihr herum und erkenne, dass sie mindestens genauso erschöpft ist, wie ich. Die Sommersprossen heben sich dunkel von ihrer blassen Haut ab und ihr Atmen klingt angestrengt und abgehackt.

„Das hat er gesagt. *Sie kommen.* Wen könnte er damit gemeint haben? Ich habe dort im Wald etwas aufblitzen sehen. Und es hat sich bewegt. Sehr schnell."

Angespanntes Schweigen herrscht, während alle auf Milas Antwort warten. Schließlich schüttelt sie den Kopf. „Ich weiß es nicht. Aber es kann nichts Gutes bedeuten, wenn er dich darauf hinweist."

Etwa zehn Minuten später gibt das Auto hustende und röchelnde Geräusche von sich. Es beginnt zu stottern und zu rumpeln, dann säuft es ab. Wir bleiben so lange sitzen, bis es ausgerollt ist und selbst dann verharren wir noch eine Weile stillschweigend auf unseren Sitzen. Wer weiß, wann wir es wieder so bequem haben werden.

Schließlich ist es Hülya, die nach dem Türgriff greift und als erstes aussteigt. Die A45 liegt vor uns, gefühlte Meilen zu laufen.

Chris schaut zu Mila, deren Zittern uns allen nicht entgeht. „Alles klar? Schaffst du es, zu laufen oder sollen wir dich tragen?"

Sie schüttelt den Kopf. „Ich kann laufen. Es geht mir schon besser. Kein Grund, Panik zu schieben."

Paddy, der gerade seinen Rucksack schultert, lacht rau auf. „Du bist zusammengeklappt wie eine Pappfigur. Der kleinste Wind und du kippst um."

Mit grimmigem Blick boxt sie ihm gegen den Oberarm. „Stimmt doch gar nicht!"

Er zieht die Nase kraus und betrachtet sie von oben bis unten. „Eine Memme bist du. Da haben auch drei Jahre Apokalypse nicht viel dran geändert." Dann stapft er an ihr vorbei und startet unseren Marsch.

Mein Blick wandert von der düster dreinblickenden Mila, zu Hülya, die eher amüsiert wirkt. Wir alle haben gesehen, wie besorgt Paddy um Mila war, als es ihr schlecht ging. Wie ein Adler sein Nest hat er sie bewacht und niemanden an sie herangelassen. Aber ich bin mir ziemlich sicher, dass er das nicht einmal auf seinem Sterbebett zugeben würde.

KAPITEL 5

HÜLYA

Wir folgen der Autobahn in Richtung Westen und ich versuche, den Teil der Strecke, der noch nicht von wunden Füßen und schmerzenden Waden geprägt ist, soweit wie möglich zu genießen. Doch immer wieder wandert mein Blick in Richtung Waldrand. Raik sagte, er hätte etwas aufblitzen sehen. *Sie kommen.* Waren das diese *sie*? Und wer sind sie? Weitere Aliens? Infizierte?

Bereits jetzt bereue ich unseren Plan. Denn bisher lief alles schief. Wirklich alles. Wir kamen nicht unbemerkt aus dem Schloss, wir haben keinen Sprit mehr, Raik war knapp davor uns alle umzubringen und ob Mila noch dazu in der Lage ist, die Infizierten zu kontrollieren, wissen wir nicht. Wie viel Pech kann noch folgen?

„Es tut mir leid um deine Freunde", sagt Raik, der seine Schritte meinen anpasst. Kurz weiß ich nicht, von wem genau er spricht. Ich habe in den letzten Jahren so gut wie jeden Menschen verloren, der mir einmal nahe stand.

„Du meinst Henry und Anton?", errate ich schließlich und er nickt.

Ich zucke mit den Schultern und versuche nicht an die gemeinsamen Jahre mit ihnen zurückzudenken. „Sie waren längst keine Freunde mehr."

„Trotzdem haben sie dir etwas bedeutet. Sie waren keine schlechten Menschen."

Ich lache trocken auf und schüttele den Kopf über seinen Kommentar. „Sie wollten dich umbringen."

„Weil sie mich für schuldig hielten." Ich bin erstaunt, wie gelassen er diese Tatsache hinnimmt. Vielleicht, weil er sich selbst schuldig fühlt?

„Und wann wurde in Deutschland die Todesstrafe wieder eingeführt?", frage ich aufgebracht und starre auf den Boden, der momentan noch leicht unter meinen Schritten dahingleitet.

Raik schweigt einen Moment und als er schließlich spricht, klingt seine Stimme rau. „Das Grundgesetz ist zusammen mit unserer Demokratie gestorben. Darauf kannst du dich nicht mehr berufen. Ab sofort ist jeder Rechtsprecher, der Recht spricht."

Ich schnaube empört und aus Paddys Richtung erklingt ein amüsiertes „Wuuhuuu! Weise Worte. Spricht da der Alien aus dir?"

„Halt die Klappe", murrt Raik, doch er scheint es ihm nicht wirklich übel zu nehmen. Jeder von uns hat seine ganz eigene Art mit seinen Ängsten umzugehen. In Paddys Fall ist es die Angewohnheit, alles ins Lächerliche zu ziehen.

„Wenn wir die Strecke in diesem Tempo weiter schleichen", wechselt Chris das Thema und blickt zu Raik und mir zurück, „werden wir in einer Woche noch nicht da sein."

„Und wenn wir uns jetzt schon verausgaben, müssen wir in einer Stunde die erste Pause machen", hält Raik dagegen. Sie starren sich eine Weile an, bis Chris sich wieder umdreht und schweigend weiterläuft. Die Spannungen zwischen den beiden sind offensichtlich.

Ich atme tief durch und schließe zu Chris auf. „Und was meinst du, wie lange wir im Normalfall brauchen?"

Er wägt seine Antwort ab. „Zwei Tage werden wir auf jeden Fall brauchen. Wenn es schlecht läuft, drei. Wir haben kaum Wasser und das Essen reicht auch nur für einen Tag. Wir sollten uns also lieber ran halten."

„Und dann?", fragt Raik, der nun links von Chris läuft. „Wer sagt dir, dass es in den Niederlanden besser aussicht, als hier? Denkst du, wir kommen ins Schlaraffenland und holen uns das Essen von den Bäumen? Wir sollten uns lieber zügeln und unterwegs schon nach Wasser und

Nahrung Ausschau halten. Ich kann euch ein paar Dinge im Wald zeigen…"

„Im Wald?", herrscht Chris ihn so laut an, dass nun auch Mila und Paddy sich zu uns herumdrehen. „Du meinst in dem Wald, in dem du vorhin noch etwas gesehen hast und dazu diese … gruselige Stimme in deinem Kopf gehört hast? Klar, super Idee."

„Ich weiß nicht, was es war", verteidigt sich Raik. „Es könnte einfach nur eine Spiegelung gewesen sein. Vielleicht…"

Chris schüttelt unwillig den Kopf. „Das sind mir zu viele ungelöste Fragen. Ein Vielleicht könnte uns das Leben kosten."

„Also was?", erwidert Raik gereizt. „Willst du drei Tage auf dieser Straße verbringen? Ohne Essen? Ohne Wasser? Und auf dem Asphalt schlafen?"

„Wir können uns im nächsten Ort umsehen…", beginnt Chris.

„Oh ja!" Raik wirft die Arme in die Luft. „Weil das ja so viel sicherer ist."

„Okay!", unterbreche ich die beiden und schiebe sie genervt ein Stück auseinander. „Könnten wir das vielleicht in der Gruppe diskutieren? Niemand hat euch beide zu unseren Rudelführern bestimmt. Weder dich", sage ich an Chris gewandt, „noch dich", vervollständige ich den Satz und pieke Raik den Zeigefinger in die Brust. „Wir werden abstimmen. Denn auch wenn du der Meinung bist, die Demokratie ist tot, hier in unserer Gruppe lebt sie noch."

Paddy lacht leise und klatscht mir Beifall und sogar von Mila ernte ich ein leichtes Lächeln.

„Wer dafür ist, dass wir auf der Straße bleiben, hebt die Hand", fordere ich. Chris' Arm schießt sofort nach oben, doch niemand folgt seinem Beispiel.

„Und wer ist dafür, dass wir einen Abstecher in den Wald machen, um Nahrung zu finden, uns zu waschen und dort das Nachtlager aufzuschlagen?"

Alle außer Chris melden sich. Ich nicke und sage bestimmt: „Dann wäre das entschieden."

Chris schnaubt, wendet sich ab und läuft stumm weiter. Doch mir entgeht nicht der gekränkte Ausdruck in seinem Gesicht. Ich trabe ihm hinterher und fasse nach seinem Arm, den er mir ruckartig entreißt.

„Chris", setze ich vorsichtig an. „Es tut mir leid, aber…"

Er schüttelt den Kopf und weicht meinem Blick aus. „Schon gut. Es war eine demokratische Entscheidung."

„Du bist trotzdem wütend", stelle ich fest.

Während wir weiterlaufen, holt Chris tief Luft. „Ich bin nicht wütend, ich bin nur …", er seufzt und schüttelt wieder den Kopf. „Ich verstehe nicht, was du an ihm findest."

Ich schweige kurz und versuche seine Worte zu verarbeiten, dann schlucke ich und blicke zu

Raik zurück, der zusammen mit Mila und Paddy ein paar Meter hinter uns geht. „Darum geht es dir also", sage ich leise und schaue Chris von der Seite an. Sein Kiefer zuckt, doch er erwidert meinen Blick nicht. Vorsichtig greife ich nach seiner Hand. „Du denkst, ich schlage mich auf seine Seite, weil er mir wichtiger ist, als du?" Ich schüttele den Kopf und endlich sieht er mich wieder an. „Das stimmt nicht. Das darfst du nicht denken. Du bist so wichtig für mich. In den letzten Jahren…", ich schlucke noch einmal und beginne dann von vorne. „du musst doch wissen, wie viel du mir bedeutest. Ich würde dich niemals absichtlich verletzen. Du bist mein bester Freund."

Langsam entzieht er mir seine Hand und steckt sie in die Hosentasche. „Dein bester Freund", wiederholt er leise und ich nicke zur Bestätigung.

„Der Beste, den ich mir wünschen kann."

Er nickt ebenfalls und an seinem Gesichtsausdruck merke ich, dass das Gespräch für ihn beendet ist. Er beschleunigt sein Tempo und lässt mich hinter sich zurück.

Noch nie habe ich der Sonne und ihrem Verlauf so viel Aufmerksamkeit geschenkt wie heute. Ich beobachte, wie sie ihren höchsten Stand erreicht und unsere Köpfe wärmt und dann allmählich wieder hinabsinkt. Meine Füße fühlen sich heiß und verschwitzt an und meine Oberschenkel beginnen allmählich zu rebellieren, als Raik endlich der Meinung ist, wir könnten einen Platz für die Nacht suchen. Wir haben es nicht mal bis nach Köln geschafft. Köln war für mich immer einen Katzensprung entfernt. Eine knappe Stunde mit dem Auto. Aber zu Fuß scheint es Lichtjahre entfernt zu sein.

Wir klettern über die Leitplanke und lassen uns einen kleinen Hang hinabgleiten, bis unsere Füße auf weichem Waldboden landen. Es ist ungewohnt nach all den Stunden auf Asphalt nun bei jedem Schritt ein wenig einzusinken. Kaum werfen die Bäume ihre Schatten auf uns, wird es kühl und ich fröstele ein wenig, als sich eine Gänsehaut auf meinen Armen bildet.

„Wir sollten heute Nacht ein Feuer entzünden", meint Raik und blickt durch das Dach aus Nadelbäumen hinauf in den Himmel. „Es wird eine klare Nacht und vermutlich auch sehr kalt."

Ich erwarte, dass Chris ihm widerspricht. Dass er einwirft, wie gefährlich es ist, mitten in der Nacht ein Feuer zu entfachen und damit auf uns aufmerksam zu machen, doch er schweigt und stapft nur an uns vorbei.

„Alles klar", meint Paddy und klatscht in die Hände. „Also, welche Pilze bringen den besten Trip?"

Raik schmunzelt. „Es ist noch keine Pilzzeit. Wir müssen uns leider mit anderen Dingen begnügen."

„Wie zum Beispiel Sauerkraut?", murrt Paddy und zieht seinen Rucksack nach vorne, um eine Dose daraus hervorzukramen. „Jedenfalls braucht mir hier nicht noch einmal jemand Würmer vorzusetzen." Sein Blick huscht in Milas Richtung und ich bin überrascht, als sie ihm mit einem amüsierten Grinsen antwortet. Als sie den Mund öffnet, fährt Paddy ihr dazwischen. „Ach, halt doch deine Klappe, Dante." Dann stiefelt er grummelnd hinter Chris her.

„Dante?", frage ich verwundert und einmal mehr muss ich mich daran erinnern, dass Mila ihren Körper genau wie Raik nicht alleine bewohnt.

Mila schüttelt schmunzelnd den Kopf. „Manchmal kann er sich nicht zurückhalten."

„Wir sollten die nächste Wasserstelle suchen", meint Raik und lässt den Blick forschend über den Boden wandern.

„Und wie willst du das machen?", frage ich und trete neben ihn.

„Wenn wir Glück haben, können wir den Tierspuren folgen. Sie wissen meistens, wo es frisches Wasser gibt."

„Und wie", setze ich an, doch er unterbricht mich schon: „Tierspuren verlaufen meist in einem Y. Die Öffnung des Y führt vom Wasser weg. Wir folgen also der spitzzusammenlaufenden Seite wie einem Pfeil. Sollte das nicht funktionieren, müssen wir Wurzeln ausgraben und ihr Wasser abzapfen. Das ist allerdings nicht sonderlich … lecker."

„Okaaay", antworte ich langgezogen und folge ihm langsam. Mila schlendert hinter uns her, als würde sie das alles nichts angehen. Und das tut es wahrscheinlich auch nicht. Sie benötigt weder Essen noch Wasser oder Schlaf. Selbst der lange Marsch über die Autobahn scheint ihr nichts ausgemacht zu haben. Und doch erleidet sie immer wieder plötzliche Schwächeanfälle. Ich lasse mich zu ihr zurückfallen und versuche, die richtigen Worte für meine Fragen zu finden.

„Was meinst du, was da heute passiert ist?"

Im Vorbeigehen reißt sie einen dünnen Ast von einem Busch ab und beginnt, die spärlichen Blätter davon abzuzupfen. „Ich weiß es nicht."

„Irgendetwas muss doch diese Reaktion bei dir auslösen", überlege ich. „Meinst du, es stimmt etwas nicht mit der Verbindung zu … Dante?"

Sie schüttelt den Kopf. „Die Verbindung zu ihm ist bisher nur abgebrochen, wenn ich bereits bewusstlos war. Es muss etwas anderes sein."

„Ist dein Körper vielleicht zu geschwächt, weil du nie etwas zu dir nimmst? Vielleicht stirbt er dir langsam weg und du merkst es gar nicht." Okay. Das war vielleicht etwas zu direkt, doch Mila lächelt nur müde über meinen Verdacht.

„Wenn, dann wäre er schon längst tot. Ich lebe seit drei Jahren in diesem Zustand."

„Na ja, da draußen laufen viele herum, die seit drei Jahren tot sind", erinnere ich sie und beiße mir gleich darauf auf die Zunge. Einfühlsam war ich noch nie.

Aber wieder scheint sie das nicht sonderlich zu beeindrucken. Sie wirft den abgepflückten Ast weg und lächelt mich dann an, wobei ihr Lächeln irgendwie gruselig verstörend wirkt. „Es ist alles gut, Hülya. Wir haben das im Griff."

„Wer sagt das?", will ich wissen. „Du oder Dante?"

„Rate doch mal", gibt sie grinsend zurück und richtet ihre Aufmerksamkeit dann auf Raik, der stehen geblieben ist, um uns etwas zu zeigen. „Hier ist so ein Y", meint er. „Die Spuren führen da rüber. Und wenn wir Wasser finden, finden wir auch essbare Pflanzen. Dann können wir uns einen Tee kochen."

„Tee", sinniere ich. „Ich liebe Tee. Was meinst du, welche Kräuter wir hier so finden?"

„Löwenzahn, Brennnesseln. Vielleicht auch Schafgabe. Davon sollten wir aber nicht zu viel nehmen."

Ich stocke und atme tief ein. „Dein Ernst?"

„Na ja, Pfefferminz werden wir hier sicherlich nicht finden."

„Aber vielleicht doch wenigstens Salbei. Wie wäre es mit Salbei? Oder Holunder? Holunder muss doch zu finden sein."

„Löwenzahntee ist gar nicht so übel", meint Mila. „Ich hab vor ein paar Jahren mal einen mit meiner Freundin getrunken. Ihre Mutter war eine zeitlang mal ziemlich ökomäßig drauf."

Mit offenem Mund starre ich sie an. Nicht aufgrund der Tatsache, dass sie diesen Tee getrunken hat, sondern weil sie das erste Mal etwas von ihrem alten Leben preisgegeben hat. In meiner Vorstellung existierte bis eben keine Mila vor der Apokalypse.

Als könnte sie meine Gedanken lesen, lächelt sie unsicher und streicht sich eine dunkle Haarsträhne hinter das Ohr. Ebenfalls eine für sie viel zu menschliche Geste. „Ob du's glaubst oder nicht. Es gab mal eine Zeit, da habe ich gefressen wie ein Scheunendrescher."

„Chris! Paddy!", ruft Raik die zwei Stimmungskanonen zurück. „Kommt hierher."

Wir folgen Raik einen kleinen Hang hinab und dann höre ich es schon. Wasserplätschern. Und nicht nur das. Als wir dem Bachlauf ein paar Meter folgen, gelangen wir sogar an einen kleinen Tümpel. Alleine der Gedanke daran, dass meine Haut endlich wieder mit Wasser in Berührung kommen könnte, lässt mich aufseufzen.

Raik scheint meinen Blick zu bemerken, denn zum ersten Mal seit Langem lächelt er mich wieder an und meint dann in Richtung der anderen beiden Jungs: „Lasst uns Feuerholz und etwas zu Essen suchen." Dann richtet er sich wieder an mich. „In etwa fünfzehn Minuten sind wir wieder zurück. Reicht euch das zum Baden?"

„Es muss", murmele ich, den Blick immer noch auf das plätschernde Wasser gerichtet.

Kaum sind die drei außer Sichtweite, ziehen Mila und ich uns bis auf die Unterwäsche aus und steigen in das kalte Nass. Es ist wirklich bitterkalt, doch ich beiße die Zähne aufeinander und lasse mich bis zu den Hüften hineingleiten. Meine Zehen versinken im Schlamm und das bis eben noch klare Wasser trübt sich durch unsere Bewegungen schnell. Aber das ist mir egal. Es ist eine Wohltat, endlich den Schweiß und Dreck der letzten Tage von der Haut schrubben zu können. Und ich wage es sogar, mit dem Kopf unterzutauchen.

Hier und jetzt sind die Infizierten zumindest gedanklich ganz weit entfernt. Ich schließe die Augen, lasse den Kopf zurückfallen und genieße die durch das Wasser gedämpften Geräusche des Waldes. Dann höre ich eine Stimme. Da meine Ohren noch unterhalb der Wasseroberfläche sind, klingen die Worte dumpf und ich hebe den Kopf an, um Mila fragend anzuschauen.

„Was hast du gesagt?"

Doch ihr Blick ist auf etwas hinter mir gerichtet und sie schüttelt leicht den Kopf. „Ich war das nicht."

KAPITEL 6
RAIK

Wir sind ein paar hundert Meter vom Tümpel entfernt, als ich Hülyas spitzen Schrei höre. Augenblicklich lasse ich das Feuerholz fallen und renne los. Auch Chris und Paddy, die schon ein paar Meter weiter unterwegs waren, folgen mir. Unsere Schritte krachen durch das Unterholz, doch es bleibt keine Zeit, leise zu sein. Ich weiß es nicht, ob es mich beruhigen oder noch mehr verängstigen soll, dass dem ersten kein weiterer Schrei folgt. Hat sie eventuell nur eine Spinne gesehen? Hat ein Frosch ihr Bein berührt? Oder eine Blindschleiche? Aber ich weiß, dass sie zu klug und zu beherrscht ist, um sich von so etwas aus der Ruhe bringen zu lassen.

„Was zum Teufel…", bringt Chris heraus, als er mich überholt und unser vorläufiges Lager kurz vor mir erreicht. Ich stoppe neben ihm, als auch ich die fremde Person entdecke, die neben dem Tümpel steht und den halbnackten Mädchen ein anzügliches Grinsen zuwirft. Der junge Mann, der etwa in meinem Alter ist, richtet seinen Blick nun auf uns und tippt sich einmal kurz an das Käppi, das seinen Kopf bedeckt. „Bonjour", flötet er und zwinkert den Mädchen dann zu.

Ich sehe das Zittern, das durch Hülyas Körper läuft. Sei es nun vor Kälte oder aus Angst vor dem Fremden, der so plötzlich und unerwartet mitten im Wald aufgetaucht ist. Der nächste Ort ist kilometerweit entfernt und seiner Kleidung nach zu urteilen, lebt er nicht im Wald. Seine Jeans und auch das bunte Hawaiihemd sehen viel zu gepflegt aus. Als würde er nur einen kurzen Spaziergang unternehmen und gleich zu einer Gartenparty zurückkehren.

Meine Hände ballen sich zu Fäusten und ich trete einen Schritt vor. „Wer bist du? Was tust du hier?"

Ein Grinsen erscheint auf seinem Gesicht. „Alte Freunde besuchen", antwortet er locker und sein Blick gleitet zurück zu Mila, die ihn stumm anstarrt. Im Gegensatz zu Hülya, scheint sie weder erschrocken noch ängstlich zu sein.

„Alter", flüstert Paddy hinter mir. „Alter … Ich werd' nicht mehr. Ey…" Sowohl Chris als auch ich drehen uns stirnrunzelnd zu Paddy um. Sein Gestammel klingt fast nach einem Schlaganfall und auch seine Gesichtszüge sind seltsam entgleist. Doch dann beginnt auch er zu grinsen und stürmt auf den Fremden zu. Sie umarmen sich, boxen sich gegenseitig auf die Oberarme und schließlich wird Paddy von dem Fremden in den Schwitzkasten genommen und sein rotes Haupt ordentlich durchgeschrubbt.

„Alter, du stinkst wie ein Schwein", murrt der Kerl, als er Paddy wieder loslässt und dieser hebt abwehrend die Hände.

„Ich weiß ja nicht, wo du die letzten Jahre verbracht hast, aber ich war damit beschäftigt die Welt zu retten", prahlt Paddy und ich sehe wie Mila genervt die Augen verdreht. Dann zieht auch sie sich aus dem Wasser heraus und sowohl Chris als auch ich wenden uns etwas ab, als wir ihre weiße, durchscheinende Unterwäsche bemerken.

„Kevin", begrüßt sie den Fremden etwas zurückhaltender als Paddy zuvor.

„Mia", entgegnet er, lacht über seinen eigenen Witz und korrigiert: „Mila natürlich. Den Namen vergesse ich nicht mehr."

Chris blickt genauso verständnislos wie ich zwischen den Dreien hin und her. „Ich denke, die Frage ist überflüssig, aber: Ihr kennt euch?"

Paddy nickt begeistert. „Kevin war der einzige vernünftige Mensch, der mir damals begegnet ist. Ich hätte nicht gedacht, dass du noch lebst", richtet er sich wieder an ihn.

„Dito", erwidert Kevin und grinst.

Immer noch sprachlos schüttele ich den Kopf, dann ertönt ein Plätschern und ich richte meine Aufmerksamkeit wieder auf Hülya, die schlotternd die Arme um den Körper geschlungen hat.

„Ich unterbreche eure Wiedersehensfreude nur ungern", presst sie zwischen klappernden Zähnen hervor. „Aber ich würde mir gerne erst etwas anziehen, bevor ich neue Bekanntschaften schließe."

Kurz bevor die Sonne hinter den Bäumen verschwindet, schaffen wir es endlich, das Feuer zu entzünden. Über den Flammen köchelt der Löwenzahntee in einem kleinen Topf, den Paddy aus seinem Rucksack hervorgezaubert hat.

Hülya sitzt so dicht vor dem Feuer, dass man meinen könnte, sie brät ihre eigenen Finger, doch sie scheint zufrieden zu sein und gähnt immer wieder ausgiebig.

Wenn man Kevin Glauben schenken mag, sind die letzten drei Jahre so ereignislos, wie es in einer Apokalypse möglich ist, vorbeigezogen.

„Ich war mal hier, mal da, schlafe meistens in verlassenen Häusern und bediene mich aus der Kleiderkammer der ehemaligen Besitzer." Er zupft an seinem etwas zu groß geratenen Hawaiihemd. „Man muss nehmen, was man kriegen kann. Nicht wahr?"

„Aber wir sind bestimmt fünfzig Kilometer von Siegen entfernt", wirft Chris ein. „Wie bist du bis hier her gelangt? Zu Fuß?"

Er schüttelt den Kopf. „Mit dem Motorrad. Ich bin auch nicht zufällig hier. Ich hab das Auto gesehen und bin ihm gefolgt. Ich meine, wer wäre das nicht?"

Ich werde hellhörig. „Bist du uns durch den Wald gefolgt?"

Er nickt und betrachtet mich aufmerksam. „Über die Autobahn wäre zu auffällig gewesen. Ich musste ja erst mal checken, wer ihr seid. Nicht alle Menschen, denen ich in den letzten Jahren begegnet bin, waren sonderlich nett."

„Dann war es wahrscheinlich das Motorrad, das ich in der Sonne habe blitzen sehen", vermute ich.

„Aber warum dann die Warnung?", fragt Mila.

Sie kommen, hallt die Erinnerung an Mareks Stimme in mir wieder und ich schüttele den Kopf. „Vielleicht war es nicht darauf bezogen."

Mila runzelt die Stirn und lehnt sich ein Stück vom Feuer zurück.

„Welche Warnung?", will Kevin wissen. Sein Blick ist immer noch forschend auf mich gerichtet.

Fragend sehe ich zu Mila hinüber, doch sie schüttelt leicht den Kopf und Paddy ergreift das Wort. „Das erklären wir dir morgen. Es war ein langer Tag und…"

„Nein", unterbricht Kevin ihn und seine Stimme klingt plötzlich schneidend. „Ich will es jetzt wissen. Geheimnisse hatten wir genug."

Mila schlägt die Augen nieder und Paddy holt tief Luft, doch niemand sagt etwas.

„Hat es mit *ihm* zu tun?", hakt Kevin nach und richtet seine Aufmerksamkeit nun ganz auf Mila.

Sie hebt den Blick und sieht ihn traurig an. „Vielleicht sollten wir wirklich lieber…"

„Nein!", fährt er wieder dazwischen. Plötzlich ist nichts mehr von seiner lockeren Art übrig. Hülya und ich wechseln einen wachsamen Blick und auch Chris versteift sich neben mir.

„Es hat *auch* mit ihm zu tun", gibt Mila nach, „ja."

Kevin schnaubt und kickt mit einem Fuß trockene Blätter ins Feuer, die glühend in die Nacht aufsteigen. „Wo ist der Mörder?", will er wissen.

„Mörder?", falle ich dazwischen. „Wen meint er?"

Mila scheint sich plötzlich sehr unwohl zu fühlen. Sie rutscht auf ihrem Platz hin und her und schüttelt immer wieder den Kopf, als wäre sie in Selbstgespräche vertieft.

„Es gab da einen … Zwischenfall", erklärt Paddy mir leise. „Zwischen Dante und Kevins kleiner Schwester."

„Larissa", erinnert Kevin ihn scharf und sieht dann wieder Mila an. „Er wollte sie umbringen."

„Er musste es tun!", verteidigt sich Mila ungewohnt emotional. „Sie war infiziert. Sie hätte…"

„Nichts hätte sie", knurrt Kevin. „Ich lebe noch, wie du siehst."

„Und sie?", fragt Mila leise. „Was hast du mit ihr gemacht? Was ist mit ihr geschehen?"

Sein Blick verdüstert sich, die flackernden Flammen werfen Schatten über sein Gesicht. Doch er schweigt und niemand fragt mehr nach.

„Wir haben viel herausgefunden, in den letzten drei Jahren", sagt Mila schließlich. „Über die … Anderen."

„Die Aliens meinst du", hakt er nach und das Wort klingt aus seinem Mund hasserfüllt.

Sie nickt. „Sie … entwickeln sich weiter. Nein, falsch", korrigiert sie sich selbst und schüttelt leicht den Kopf. „Sie nutzen andere Ressourcen. Sie benutzen nun menschliche Körper, um weiter existieren zu können."

Kevin schweigt und ich sehe regelrecht, wie es hinter seiner Stirn arbeitet. Dann ruckt sein Kopf herum und er starrt mich an. „Und du hast … du hast eine Stimme gehört." Er tippt sich an die Schläfe. „In deinem Kopf."

Ich nicke. Vorsichtig. Angespannt. Ich weiß nicht, wie er auf diese Nachricht reagiert. Sein Hass auf die Aliens scheint nach dem Tod seiner Schwester gewaltig zu sein.

Und tatsächlich greift er mit einer Hand an seinen Gürtel. Das Messer, das daran hängt blitzt im Licht des Feuers auf.

„Aber wir haben ihn eingesperrt", versucht Mila ihn zu beruhigen. „Er kann Raik nicht lenken."

„Wie habt ihr das gemacht?", will er wissen. Seine Haltung ist immer noch aufrecht, seine Augen wachsam auf mich gerichtet.

„Ich …", beginnt Mila und unterbricht sich kurz, um nach den richtigen Worten zu suchen. Worte, die ihn nicht sofort auf uns losgehen lassen. „Ich habe eine Barrikade in seinem Kopf errichtet. Eine Mauer sozusagen."

„Du? Und wie?"

Sie schluckt. „Mit Dantes Hilfe."

Stille legt sich über unsere Gruppe, während Kevin versucht, das Gesagte zu begreifen. Schließlich atmet er tief ein. „Also, wer ist hier alles besetzt?" Nacheinander sieht er uns alle an.

„Du", sagt er und deutet auf mich, „und du", fährt er bei Mila fährt. „Wer noch? Sitze ich mit Aliens um ein Lagerfeuer und mache mich zum Gespött der ganzen Gruppe?"

Hülya schüttelt schnell den Kopf. „Nein, es sind nur Raik und Mila. Und ich glaube, Dante ist nicht so schlecht wie du denkst."

„Und du kennst ihn schon wie lange?", will Kevin wissen. „Hast du ihn jemals persönlich getroffen? Oder kennst du nur die Erzählungen über ihn?"

Ihr Schweigen ist ihm Antwort genug, denn er nickt wissend. „Dann sag mir nicht, was ich über ihn denken soll."

„Also, diese Stimme in deinem Kopf", wendet er sich wieder an mich. „Wie oft hörst du die?"

Ich sehe ihn lange Zeit an, versuche hinter seine Barrikade zu schauen. Meine linke Hand hat sich wie von selbst um einen langen Ast geschlungen, den ich im Notfall gegen ihn verwenden könnte.

Ich bevorzuge es, nicht direkt auf seine Frage einzugehen, sondern erkläre stattdessen: „Er hat keine Macht mehr über mich. Und wir werden einen Weg finden, ihn zu töten."

Kevins Augen leuchten im Schein des Feuers kurz auf. „So? Werdet ihr das? Und wie?"

Ich schaue zu Mila hinüber, die den Rücken durchstreckt und mit fester Stimme sagt: „Das werden wir sehen, wenn es soweit ist. Zunächst ist es wichtiger, die Kapseln zu vernichten, die das Virus verbreiten. Deshalb sind wir unterwegs nach Maastricht."

„Nehmt ihr mich mit?" Seine Frage kommt so plötzlich, dass wir ihn alle überrascht anschauen.

Er zuckt gleichgültig mit den Schultern. „Ich habe die Wahl, alleine hierzubleiben, oder mit euch mitzugehen. Also wähle ich das geringere Übel."

Ich bin mir nicht sicher, ob wir wirklich das geringere Übel sind, doch niemand aus der Gruppe widerspricht, als Mila nickt.

KAPITEL 7

HÜLYA

Die Nacht ist grausam. Während Mila Wache hält, versuchen alle anderen etwas Schlaf zu bekommen, doch bis auf Paddy, der selig schnarcht, scheint das niemandem so richtig zu gelingen. Obwohl ich mich so nah wie möglich neben die Glut lege, zittere ich am ganzen Körper. Außerdem stechen die Tannennadeln mich an jedem freien Zentimeter Haut. Und meine Arme schlafen bald schon vor mir ein, als ich meinen Kopf darauf lege.

Neben mir verändert Chris zum gefühlt hundertsten Mal seine Position und knurrt und ächzt dabei, wie ein Achtzigjähriger. Genervt stoße ich ihm meinen Ellbogen in die Seite. „Geht das auch leiser?"

Seine Antwort ist lediglich ein leises Schnauben, dann wendet er sich von mir ab. Offensichtlich ist er immer noch sauer auf mich.

Über die glühenden Kohlen hinweg beobachte ich Kevin, der auf dem Rücken liegt, die Arme hinter dem Kopf verschränkt und ein Knie angewinkelt. Er scheint die Sterne zu betrachten und ich frage mich, ob sich seine Sicht auf diese fremden Planeten und Galaxien, die uns umgeben, genauso verändert hat, wie meine. Wie viele von ihnen leben noch da oben? Welche Gefahren lauern dort auf uns? Ist das hier vielleicht alles erst der Anfang?

Ein Schauer läuft mir den Rücken hinunter, nicht nur ausgelöst von der Kälte. Leise seufzend richte ich mich auf und knie mich vor das erlöschende Feuer. Im Topf über der Glut befindet sich noch ein kleiner Rest Löwenzahntee und ich nehme einen Schluck davon.

„Doch nicht so übel, mh?", höre ich Raiks Stimme links von mir. Er hat sich auf die Seite gerollt und den Kopf auf eine Hand gestützt.

Um einen neutralen Gesichtsausdruck bemüht, presse ich die Lippen aufeinander und hänge den Topf wieder zurück, dann lächele ich gespielt höflich. „Mit etwas Zucker wäre er eindeutig besser."

„Du kannst dich morgen gerne nach einer Zuckerplantage umschauen." Er zwinkert mir zu und lässt sich dann auf den Rücken zurücksinken, die Hände auf der Brust gefaltet. Für ihn scheint der unebene Waldboden kein bisschen unbequem zu sein.

Ich dagegen erschauere schon bei dem Gedanken daran, meinen Kopf dem Erdreich so nah zu bringen.

„Hast du keine Angst, dass dir Käfer in die Ohren krabbeln?", flüstere ich ihm zu. Er sieht mich an und seine Lippen verziehen sich zu einem gerissenen Grinsen. „Ich denke, mein Körper wurde schon von Schlimmerem befallen, als Insekten. Außerdem sind die bereits alle in Paddys Mund gekrabbelt."

„Er kann von Glück reden, dass ich uns bei unseren Touren in den letzten drei Jahren alle Infizierten vom Leib gehalten habe", kommentiert Mila Paddys lautes Brummen. „Bei dem Getöse hätten wir keine Nacht im Freien überlebt."

„Hier", Raik reicht mir seine Jacke, „leg sie dir unter den Kopf. Vielleicht kannst du dann besser schlafen."

Im ersten Moment will ich ablehnen, aber ich weiß, dass ich kein Auge zubekommen werde, wenn ich das Knacken des Waldbodens direkt neben meinem Ohr vernehme. Also nicke ich dankend und krabbele wieder an meinen Platz zurück.

Als ich aufwache, zittere ich am ganzen Körper. Die letzte Glut ist fast erloschen und unser Schlafplatz wird nun nur noch von den Sternen erleuchtet. Stöhnend reibe ich mir über das Gesicht, rolle mich auf den Rücken und lockere meine steifen Schultern. Ich habe eindeutig schon einmal bequemer geschlafen. Ein Schniefen von der anderen Seite der Feuerstelle lässt mich innehalten. Ich lausche kurz und höre die Jungs friedlich atmen. Selbst Paddy schnarcht nur noch bei jedem dritten Atemzug.

Schwerfällig stütze ich mich auf einen Ellbogen und starre über die Glut hinweg. „Mila?"

Für ein paar Sekunden herrscht Stille, dann höre ich ihre kratzige Stimme: „Ja?"

Ich öffne den Mund, um zu fragen, ob sie weint, schließe ihn aber gleich wieder, weil mir zum Glück rechtzeitig einfällt, dass das sehr plump wäre. Also stemme ich mich vom Boden hoch und schleiche zu ihr hinüber, um mich neben sie an den dicken Baumstamm zu lehnen. Schweigend sitzen wir da, nur Zentimeter voneinander entfernt und starren in die erkaltenden Kohlen.

„Ist es seltsam, nie zu schlafen?", frage ich.

Sie überlegt einen Moment, dann schüttelt sie den Kopf. „Seltsam eigentlich nicht. Aber … weißt du, man schläft ja nicht nur, um sich auszuruhen und neue Energie zu schöpfen. Man schläft auch, um die Erlebnisse des Tages zu verarbeiten. Dinge, die dir abends ganz schlimm vorkamen, sind es am nächsten Morgen meist nicht mehr. Der Schlaf trägt Einiges dazu bei. Das weiß ich jetzt."

„Also vermisst du es?"

Sie nickt. „Sehr." Wieder schweigen wir eine Weile, dann fügt sie hinzu: „Bewusstlos zu sein, das war eine Erleichterung. Endlich nichts mehr fühlen, nichts mehr denken. Ein paar Stunden verstreichen lassen, ohne dass ich sie miterlebe. Ein paar Stunden, in denen für mich alles friedlich war."

„Mein Schlaf ist schon lange nicht mehr friedlich", bemerke ich und denke an die vielen Albträume, die ich in den letzten Nächten hatte.

Mila lächelt mich traurig von der Seite an, dann lacht sie leise und schüttelt den Kopf, als wäre ihr gerade etwas eingefallen.

„Was?", frage ich.

Noch einmal schüttelt sie den Kopf und die dunklen Haare rutschen ihr ins Gesicht, bevor sie sie mit einer knappen Handbewegung zurück hinter das Ohr streicht. „Ich habe nur gerade an die Art von Träumen gedacht, die ich damals hatte. Verrückte Dinge über das Fliegen und Fallen. Über Elefanten in unserem Haus und Schokoladenberge, durch die ich mich fressen musste."

Ich erwidere ihr Lächeln und stütze das Kinn auf die Knie. „Ich hab mal geträumt, ich wäre eine Spinne in unserer Badewanne und meine Mutter hat mich gesehen. Ich wusste gar nicht, warum sie schreiend vor mir wegrannte, obwohl mir klar war, dass ich eine Spinne war."

„War das schön, als Spinnen noch Kreischattacken auslösen konnten", murmelt Mila.

„Was vermisst du noch aus deinem alten Leben? Das Essen?"

„Nicht so sehr. Ich kann ja essen, wenn ich will. Ich brauche es nur nicht mehr, um zu überleben. Das ist eigentlich ganz praktisch. Obwohl ich zu einem Schokopudding mit Vanillesoße nun auch nicht nein sagen würde."

Nur bei der Erwähnung der Süßspeise läuft mir das Wasser im Mund zusammen. „Oh ja! Oder ein Schokoriegel mit Karamellfüllung."

Sie lacht leise und setzt noch eins drauf. „Original französische Eclairs. Da kommt nichts gegen an."

Ich stöhne verhalten auf. „Mach so weiter und ich bekomme gleich einen Schokogasmus."

Nun müssen wir beide lachen, halten uns aber schnell die Münder zu, als Paddy ein lautes Grunzen von sich gibt und sich ächzend herumdreht. Gedämpft kichern wir hinter vorgehaltenen Händen weiter.

„Was war deine liebste Fernsehserie?", will ich wissen und sie atmet tief durch, um die nächste Lachsalve zu unterdrücken. „Ich habe gerne die Gilmore Girls geguckt. Aber auch die wilden Siebziger und Futurama."

„Oh, die wilden Siebziger habe ich auch geliebt. Meine Freundin und ich haben uns die Staffeln auf DVD gekauft und manchmal den ganzen Samstag lang reingezogen."

Milas Augen leuchten auf und sie wirkt so menschlich wie ich sie noch nie erlebt habe. „Und Charmed! Charmed war cool."

Ich nicke begeistert und seufze, als ich hinzufüge: „Supernatural."

„Dean war so heiß“, schwärmt Mila und ich stimme ihr schmachtend zu.

„Der hätte bei mir gerne ein paar Dämonen austreiben dürfen.“

„Könnt ihr mal eure Klappe halten?“, knurrt Chris von seinem Platz aus und legt sich demonstrativ einen Arm über das Gesicht. „Das ist ja nicht auszuhalten.“

Wieder grinsen Mila und ich von einer Wange über die andere und als ich aufstehe und mir die Tannennadeln vom Hintern wische, hält sie meine Hand fest und sieht zu mir auf. „Danke.“

Ich neige kurz den Kopf. „Wofür?“

„Für's menschlich sein.“

KAPITEL 8

RAIK

Als ich bei Sonnenaufgang aufwache, ist die Stimmung im Lager wie ausgewechselt. Sind wir gestern Abend noch verdrießlich und angespannt schlafen gegangen, scheinen nun alle bester Laune zu sein. Hülya hat sogar von sich aus das Feuer wieder entfacht und einen neuen Löwenzahntee aufgesetzt.

Und Paddy spendiert eine Dose Thunfisch aus der sich jeder zwei Fingerspitzen voll nehmen darf.

„Hab ich was verpasst?", frage ich und reibe mir den Schlaf aus dem Gesicht. „Habt ihr doch noch Pilze gefunden?"

Als Mila auf meine Frage hin leise kichert, verfalle ich fast in eine Schockstarre. Was war das denn? Ich schüttele den Kopf über ihr seltsames Verhalten und sehe mich suchend um. „Wo sind Chris und Kevin?"

„Chris ist baden gegangen und Kevin musste mal für kleine Jungs und wollte nach seinem

Motorrad sehen", erklärt Hülya, die den Thunfisch so langsam und genüsslich und gleichzeitig
unschuldig von ihren Fingern leckt, dass ich den
Blick abwenden muss, um mich nicht daran fest
zu starren.

„Was hat er eigentlich mit dem Motorrad
vor? Will er es mitnehmen? Er könnte immer
ein Stück vorausfahren und einen von uns mitnehmen, damit wir uns schonen können."

Paddy schüttelt den Kopf. „Er will es hier
zurücklassen. Er meint, er hätte eh keinen Sprit
mehr."

„Warum sieht er dann danach?", frage ich
und schaue in die Richtung, in die er gegangen
sein muss.

Hülya zuckt mit den Schultern. „Vielleicht
hat er noch ein paar Sachen darin gelagert."

„Ey, glaub mir, Kevin ist in Ordnung", versichert Paddy mir und boxt mir gegen die Schulter, um mich aus meiner Anspannung zu lösen.
„Du kannst ihm vertrauen."

„Das schien mir gestern Abend aber nicht so
ganz der Fall zu sein."

Mila, die sich gerade mit den Fingern durch
die Haare kämmt, erklärt: „Er hat unsere Gruppe damals aus Liebe zu seiner Schwester verlassen. Aber er hat uns nie Schaden zugefügt.
Wenn er sagt, er will uns begleiten, dann soll er
das tun. Vielleicht ist er sogar noch von Nutzen."

„Okay", antworte ich zögernd und greife nach dem Topf, um einen Schluck vom Tee zu nehmen.

Nachdem alle wieder am Feuer sind und sich so gut es geht gestärkt haben, packen wir unsere Sachen und machen uns bereit für den nächsten Tagesmarsch. Laut Beschilderung ist Köln noch zwanzig Kilometer entfernt.

„Wir sollten die Stadt lieber weiträumig umgehen", meint Chris. „Dort wimmelt es sicher vor Infizierten und wir wissen nicht, inwieweit Mila noch in der Lage ist, sie zu steuern."

„Aber gerade da werden wir wohl etwas zu Essen finden", halte ich dagegen. „Wir sollten es zumindest in einem Randbezirk versuchen."

Chris gibt einen Laut von sich, der dem eines Infizierten gar nicht mal so unähnlich klingt. „Du willst uns alle unbedingt in Gefahr bringen, oder? Gibt dir das einen Kick, oder was?"

Ich will gerade zum Gegenangriff ausholen, als ausgerechnet Kevin für mich Partei ergreift. „Ich denke auch, dass wir durch die Stadt gehen sollten. Sie zu umlaufen wäre ein viel zu großer Umweg. Köln ist größer als man denkt. Wir wären wahrscheinlich einen zusätzlichen Tag unterwegs."

„Und wären auf der sicheren Seite", knurrt Chris.

Ich schaue mich zu Hülya, Paddy und Mila um, doch Hülya schüttelt bereits den Kopf.

„Diesmal bin ich derselben Meinung wie Chris. Es ist zu gefährlich durch die Stadt zu gehen. Bei den ganzen Einwohnern, die vermutlich befallen sind."

„Ich hab jetzt schon Blasen unter den Füßen", murrt Paddy. „Außerdem habe ich keinen Bock auf noch eine Nacht im Wald. Ein Dach über dem Kopf wäre schon nicht schlecht. Ich bin für die Abkürzung."

„Also hängt es an dir", sage ich an Mila gewandt. „Was denkst du? Fühlst du dich bereit?"

Mila überlegt kurz und zuckt dann mit den Schultern. „Ich bin mir nicht sicher. Vielleicht sollten wir erst testen, ob ich die Kontrolle zurückerlangt habe."

„Also den nächsten Untoten ausfindig machen?", hake ich nach.

Sie nickt. „Wenn das klappt, brauchen wir uns in der Stadt keine Sorgen machen."

„Wie klingt das für dich, Sicherheitsfanatiker?", frage ich Chris. „Ist das ein Plan?"

Sein Kiefer ist so angespannt, dass ich befürchte, ihm bröseln jeden Moment die Zähne aus dem Mund, doch schließlich nickt er widerwillig. „Ich wurde ja sowieso schon überstimmt."

Wenn man einen Infizierten braucht, ist keiner zu finden. Die Sonne steht bereits hoch am Himmel, als wir die Leitplanke ansteuern und eine Pause einlegen. An Gesprächen ist uns allen die Lust vergangen, deshalb verteilen wir uns in einem Umkreis von wenigen Metern und machen, wonach uns gerade der Sinn steht. Hülya und Mila pflücken die ersten Gänseblümchen am Wegrand. Einen Teil davon essen sie, wobei sie mir immer wieder grimmige Blicke zuwerfen, um mir bloß nicht zu zeigen, dass es gar nicht so schlecht schmeckt. Aus den restlichen basteln sie sich Ketten und Armbänder, die sie als Ration für den weiteren Weg verwenden können. Paddy gesellt sich zu ihnen und steckt zwei Blumen zu einer winzig kleinen Hantel zusammen. Mit verbissenem Gesicht hebt und senkt er sie zwischen Daumen und Zeigefinger und schafft es damit tatsächlich die beiden Mädchen zum Lachen zu bringen.

Schmunzelnd wende ich mich ab und lehne mich an die Leitplanke, wo ich mir aus Paddys Rucksack die Flasche mit dem nachgefüllten Löwenzahntee hole, um einen Schluck zu nehmen. Kevin liegt ausgebreitet auf dem sonnenwarmen Asphalt und scheint ein Nickerchen zu halten, während Chris ein paar Meter weiter mit angezogenen Knien an die Leitplanke angelehnt auf dem Boden sitzt. Er hat die Unterarme auf den Knien abgestützt und starrt finster vor sich hin.

Kurz überlege ich, mich zu überwinden und zu ihm zu gehen. Denn eigentlich finde ich ihn gar nicht so übel. Ich weiß nicht, was ihm an mir nicht passt, aber die ewigen Diskussionen gehen mir schon jetzt auf den Sack. Doch ich überlege es mir anders und entscheide mich stattdessen dafür, meine Füße etwas zu entspannen. Es ist eine Wohltat die ausgetretenen Schuhe auszuziehen und die Füße auf der anderen Seite der Leitplanke ins noch kühle Gras sinken zu lassen. Mein Blick gleitet den Hang hinunter und über die Nadelbäume, die den Großteil der Fläche neben der Autobahn ausmachen. Und dann sehe ich es wieder. Das Blitzen. Ein Aufleuchten. Das Spiegeln der Sonne auf einer glatten Oberfläche. Es liegt weiter unter uns, doch ich richte mich auf und drehe mich nicht zu den anderen um, als ich rufe: „Da war es wieder!"

„Was?", fragt Hülya und legt sich die Blumenkette um den Hals, bevor sie und Mila neben mich treten. Auch die anderen kommen näher und starren in den Wald unter uns.

„Das Licht", erkläre ich. „Ich hab es wieder gesehen."

„Also ist es nicht Kevins Motorrad gewesen", murmelt Chris.

Dieser runzelt die Stirn. „Offensichtlich nicht."

Alle starren wie gebannt auf die Tannenspitzen, die sich leicht im Wind wiegen. Doch nichts ist mehr zu sehen. Kevin zuckt mit den Schultern. „Anscheinend ist es jetzt weg." Er will sich gerade abwenden, als ein Knacken ganz in der Nähe uns alle erstarren lässt. Mucksmäuschenstill stehen wir da und beobachten die Umgebung. Da. Wieder ein Knacken. Und das Knirschen von Unterholz.

„Es kommt näher", stellt Paddy fest. Mila schließt kurz die Augen und steht so still, dass ich nicht weiß, ob sie überhaupt noch atmet. Dann öffnet sie sie wieder und schüttelt den Kopf. „Ich kann keine Verbindung herstellen."

„Also kein Infizierter?", frage ich und sie zuckt mit den Schultern.

„Oder sie hat ihre Fähigkeit verloren", mutmaßt Chris mit finsterem Blick.

Hülya schüttelt den Kopf. „Das glaube ich nicht. Dann könnte sie auch Raiks Barriere nicht mehr aufrechterhalten."

„Psst!", befiehlt Paddy und hebt eine Hand. „Seid doch mal alle still."

Also lauschen wir wieder. Es dauert ein paar Sekunden, dann vernehmen wir erneut das Knacken und Rascheln. Ja, es kommt eindeutig näher. Instinktiv weichen wir ein paar Schritte von der Leitplanke zurück. Aber nur so weit, dass wir den Waldrand noch einsehen können.

Sie kommen, hallt es wieder durch meinen Kopf. Doch es ist nur die Erinnerung, die mich wachsam werden lässt. Marek hat keinen Zugang zu mir. Nicht solange, Mila bei Bewusstsein ist.

Als wir die ersten Zweige wackeln sehen, gleiten unsere Hände wie automatisch an unsere Waffen. Fast jeder von uns trägt eine bei sich. Bis auf Mila. Ihr Blick ist fest und konzentriert, doch sie scheint genauso unwissend zu sein wie wir.

Und dann tritt endlich eine Person aus dem Wald heraus. Groteskerweise hätte ich beinahe erleichtert aufgeseufzt, denn es handelt sich tatsächlich nur um einen Infizierten. Tief in meinem Inneren hatte ich mit Schlimmerem gerechnet.

Der Untote strauchelt beim Anstieg des Hangs. Er scheint schon längere Zeit durch den Wald zu streifen, denn er ist nur noch Haut und Knochen, im wahrsten Sinne des Wortes. Kein Gramm Fett liegt mehr unter seiner grauen, vertrockneten Haut. Dadurch wirken seine Augen unnatürlich groß und rund. Ein paar spärliche, graue Haare bedecken seinen Schädel. Mit dürren Fingern klammert er sich in Gras und Erde fest, um uns zu erreichen.

„Wer erledigt ihn?", fragt Paddy, der nun auch wesentlich entspannter ist, als noch vor ein paar Sekunden.

„Ladies first, würde ich sagen." Ich nicke in Milas Richtung. Sie versteht meinen Hinweis und tritt näher an die Leitplanke. Sie starrt den Infizierten an, während er uns langsam immer näher kommt. Manchmal rutscht er ab, doch er fängt sich schnell wieder und klettert weiter hinauf.

Milas Haltung ist steif und angespannt. Ihre Hände sind an ihren Seiten zu Fäusten geballt.

„Was ist?" Chris wirkt nicht ganz so locker wie wir anderen. Er schaut kritisch zwischen Mila und dem Infizierten hin und her, in einer Hand sein Messer.

Mila antwortet nicht. Sie scheint all ihre Konzentration auf die wandelnde Leiche zu richten, die sich nun schon bis auf wenige Meter der Leitplanke genähert hat.

Allmählich werde auch ich nervös. Mein Blick huscht zu Paddy hinüber, der Mila besser kennt, als alle von uns. Er ignoriert mich, aber ich sehe, dass auch er wieder nach seinem Messer greift.

Das lässt mich wieder Haltung annehmen. Der einzelne Untote ist keine wirkliche Gefahr für uns, aber wir sollten ihn trotzdem nicht allzu nah an uns herankommen lassen.

Chris knurrt ungehalten. „Also, wenn sie ihn bei der Leitplanke nicht stoppt, tue ich das."

Ich hebe die Hand, um ihn aufzuhalten. „Lass ihr noch ein paar Sekunden."

Ich höre, wie Hülya, die rechts von Mila steht, tief einatmet, als der Infizierte eine Hand an das Geländer legt und sich daran hochzieht. Seine skelettartigen Gliedmaßen schieben sich über die Barriere und Mila tritt einen Schritt zurück, als er vor ihren Füßen aufkommt und direkt auf meinen Schuhen landet. Einer davon purzelt den Hang hinunter, als der Infizierte sich aufrappelt.

„Na toll", seufze ich genervt und schaue kurz auf meine nackten Füße.

KAPITEL 9

HÜLYA

Von mir aus könnten wir jetzt gerne zur Tat schreiten. Das Messer in meiner Hand zuckt ein Stück höher, als der Infizierte wieder auf die Füße kommt.

„Einer von uns sollte es jetzt tun", meint auch Chris, ohne den knochendürren Kerl aus den Augen zu lassen. Ein wenig erinnert sein Körper mich an Gollum und ich frage mich, wie alt dieser Mensch gewesen sein muss, als er infiziert wurde. Es ist unmöglich einzuschätzen. Er könnte achtzig Jahre alt sein, vielleicht aber auch erst dreißig.

„Noch nicht", presst Mila hervor. Schweißperlen stehen auf ihrer Stirn und die zu Fäusten geballten Hände zittern. „Ich hab ihn gleich."

Der Infizierte streckt eine Hand nach ihr aus. Sein Arm wirkt so gebrechlich, als könnte man ihn mit einem Schlag durchtrennen. Er muss bereits in der Anfangszeit des Virus ums Leben gekommen sein. Bevor er nach Mila greifen kann, stößt Paddy ihn grob zurück, sodass er mit dem Rücken gegen die Leitplanke prallt. Dabei gibt der Infizierte keinen Laut von sich. Kein Stöhnen, kein Röcheln. Selbst diese Art der Kommunikation scheint er verlernt zu haben.

Mila rührt sich kein Stück von der Stelle. Ich frage mich, was sie getan hätte, wenn er sie berührt hätte. Wie kommt es, dass sie jegliche Angst vor den Infizierten verloren zu haben scheint?

Verunsichert schaue ich zu Paddy, der die Lippen aufeinander presst und nur leicht den Kopf schüttelt. Er wird Mila nicht in den Rücken fallen, selbst wenn sie noch Stunden hier stehen würde.

Inzwischen hat der Untote sich ein zweites Mal aufgerappelt. Sein Blick ist nun auf mich gerichtet und mit steifen Beinen stakst er auf mich zu. Kaum ein Laut ist zu hören, bis auf das schleifende Geräusch seiner durchgetretenen Schuhe auf dem Asphalt.

Ich halte die Luft an, versuche so ruhig zu bleiben wie Mila, die dem Infizierten mit angestrengtem Blick folgt. Doch mein Herz rast mir bis zum Hals. Es wäre ein Leichtes, Gollum mein Messer in den Schädel zu rammen, doch ich halte mich zurück, versuche so auf Mila zu vertrauen wie Paddy es tut.

Je näher er mir kommt, desto gieriger wird sein Blick, desto schneller seine zuckenden Bewegungen. Als er seinen Mund öffnet, sehe ich die verfaulten Reste seiner Zähne. Braune Stumpen, mit denen er aber vermutlich immer noch gut zubeißen kann. Sein fauliger Atem lässt mich erbleichen.

„Jetzt reicht's!", knurrt Chris und aus dem Augenwinkel sehe ich, wie er sein Messer zückt und auf uns zukommt.

Gerade, als er die Hand hebt, um zuzustechen, geht der Infizierte vor mir in die Knie und Mila gibt ein erleichtertes Keuchen von sich. Überrascht sehe ich in die nun ausdruckslose Miene des Untoten. Wie ein Bettler hockt er vor mir, die schlaffen Hände in seinen Schoß gelegt. Er sieht mich nicht mehr an, starrt stattdessen den Asphalt an. Chris stoppt in der Bewegung und betrachtet Gollum mit gerunzelter Stirn.

„Geschafft", sagt Mila und lächelt, als hätte es die Schrecksekunden zuvor nicht gegeben. „Ich hab die Verbindung wieder hergestellt."

Unsere Reaktionen fallen sehr unterschiedlich aus. Während ich erleichtert bin und Paddy grinsend ein High-five verlangt, das sie ihm verwehrt, halten Raik und Kevin sich mit ihrer Meinung im Hintergrund. Ihre Gesichter verraten weder Begeisterung noch Schrecken.

Doch Chris fährt zu ihr herum und selbst in seinem angespannten Rücken sehe ich die Wut in ihm hochkochen. „Ist das dein verdammter Ernst?"

Mila sieht ihn an, als wäre er gerade grün angelaufen. Aber ihr Schweigen macht ihn nur noch wilder.

„Beinahe wäre Hülya für dein bescheuertes Experiment draufgegangen!"

„Sie war niemals wirklich in Gefahr", entgegnet Mila ausdruckslos. Ich trete an Chris heran und versuche ihn zu beruhigen, indem ich ihm eine Hand auf den Unterarm lege. Doch er zuckt nur wütend zurück und geht Mila weiter an. „Und dir sollen wir vertrauen? Ein Wunder, dass du gerade nicht wieder aus den Latschen gekippt bist. Und das bei diesem einen lächerlichen Infizierten. Wie willst du hunderte, vielleicht sogar tausende, in der Stadt von uns fernhalten?"

„Ich schaffe das", hält sie schwach dagegen. Aber selbst ein Blinder hätte die Unsicherheit in ihrem Blick bemerkt.

„Auf keinen Fall gehe ich mit in die Stadt", knurrt Chris. Er dreht sich wieder zu dem Infizierten um, der immer noch vor mir kniet und rammt ihm ohne zu zögern das Messer in den Hinterkopf. Der tote Körper gibt einen dumpfen Laut von sich, als er seitwärts auf den Asphalt kippt. Ich sehe Mila zusammenzucken und perplex blinzeln, als wäre sie gerade aus einer Hypnose erwacht.

„Hast du sie noch alle?", fährt Paddy Chris an und schubst ihn grob zurück. „Wenn du ihn abstichst, solange Mila eine Verbindung zu ihm hat, kannst du genauso gut *ihr* ein Messer in den Schädel stechen."

Chris' Brust hebt und senkt sich so schnell, als wäre er gerade einen Marathon gelaufen. Doch ich weiß, dass er nur versucht, seine Wut im Zaum zu halten, um jetzt nicht das Falsche zu sagen.

„Okay." Raiks Stimme klingt ein wenig zögernd, als er auf uns zukommt. „Wir sollten erst mal alle zur Ruhe kommen. Ich hole jetzt meinen Schuh zurück und dann gehen wir ein paar Meter weiter, um…", sein Blick schweift zu der Leiche zwischen uns, „ungestört reden zu können."

Chris schnaubt und spuckt noch einmal auf den toten Körper. „Ich muss über nichts mehr reden. Meine Entscheidung ist gefallen."

Mein Herz setzt einen Schlag aus. Wenn Chris nicht mitgeht, werde auch ich gezwungen zu wählen. Er oder der Rest der Gruppe. Er oder unsere Mission. Er oder … Ich schaue Raik hinterher, der sich über die Leitplanke schwingt und den Hang hinunterschlittert, als würde er auf einem Surfboard über Wellen reiten.

Ich schlucke und sehe wieder meinen besten Freund an. „Chris, komm erst mal wieder runter."

Sein Kiefer spannt sich an. „Jetzt fang du nicht auch noch an."

„Du solltest jetzt keine voreiligen Entscheidungen treffen."

„Wieso? Weil du nicht hinter mir stehst? Weil du mir nicht folgen würdest?"

Ich atme tief ein und versuche, seinem Blick standzuhalten, ohne klein beizugeben. „Auch deshalb."

Sofort scheint er zu erschlaffen. Seine Schultern sacken ein Stück hinab und sein Blick, der eben noch so hart war, nimmt für ein paar Sekunden einen schmerzlichen Ausdruck an. Aber er fängt sich genauso schnell wieder, schluckt seine Enttäuschung hinunter und nickt knapp. „Also schön."

Während Mila sich bereits höflich von uns abgewandt hat, folgt Paddy unserem Gespräch wie einem spannenden Tennis-Match. Erst, als ich ihm einen finsteren Blick zuwerfe, nimmt er seufzend ein paar Schritte Abstand.

„Aber vor allem", füge ich hinzu und greife nach Chris' Arm, bevor er sich von mir abwenden kann, „vor allem, weil wir ein Ziel haben. Endlich einen Hoffnungsschimmer, und weil ich nicht aufgeben will. Weil ich irgendwann einmal wieder ohne Angst leben will. Und dafür … dafür müssen wir jetzt über Scherben laufen. Dafür müssen wir das Risiko eingehen, uns zu verletzen." *Sei es körperlich oder seelisch*, füge ich in Gedanken hinzu. „Ich will jetzt nicht aufgeben", flüstere ich eindringlich, „nicht jetzt. Nicht hier."

Der Blick aus Chris' eisblauen Augen ist so intensiv, dass ich fast den Kampf beobachten kann, den er dahinter mit sich selbst ausficht.

„Was würde es uns kosten, die Stadt zu umlaufen?", fragt er und seine Stimme klingt erschöpft.

„Zeit", erwidere ich. „Und davon haben wir schon jetzt nicht genug."

Meine Finger krallen sich immer noch in den Stoff seines Shirts. „Bleibst du?", frage ich und sehe ihn bittend an.

Er schlägt die Augen nieder, bevor er antwortet. „Ich bleibe da, wo du bist."

KAPITEL 10

RAIK

Der weitere Weg verläuft äußerst schweigsam. Niemand außer Chris will es zugeben, aber wir alle zweifeln wohl inzwischen an Milas Fähigkeiten. Nicht einmal sie selbst scheint sich ihrer Sache sicher zu sein. Aber die Stadt zu umlaufen würde uns mindestens einen weiteren Tag kosten, wenn nicht mehr. Und wir alle sind so schon entkräftet genug.

So hängen wir alle unseren eigenen Gedanken nach. Mir geht die Lichtreflektion nicht aus dem Kopf. Als ich meinen fehlenden Schuh zurückgeholt habe, bin ich auch ein Stück in den Wald hineingelaufen. Doch da war nirgends etwas zu sehen, dass eine solche Reflektion hätte auslösen können. Vielleicht war es der Infizierte? Eine Brille hatte er nicht auf. Aber vielleicht trug er eine Gürtelschnalle. Ich hätte nachsehen sollen. Nun liegt er bereits zu weit hinter uns.

Als Hülya vor mir abrupt stoppt, laufe ich fast in sie hinein. Überrascht blicke ich auf und sie deutet über die Brücke, die vor uns liegt. „Ich kann den Dom sehen."

Erleichtert atme ich auf. „Dann sollten wir uns hinter der Brücke eine Übernachtungsmöglichkeit suchen. Ein sicheres Versteck mit möglichst vielen Fluchtwegen."

„Und ich sehe die ersten Infizierten", bemerkt Paddy, der sich ein Stück über das Brückengeländer gelehnt hat. „Sie tigern am Flussufer entlang."

„Mach sie nicht auf uns aufmerksam", warnt Kevin und zieht Paddy vom Geländer zurück. „Wenn sie die Brücke betreten, könnten wir in der Falle sitzen."

Seine Worte treiben uns an und wir überqueren den Rhein so schnell es geht. Von hier oben aus gesehen, sieht die Stadt beinahe friedlich aus. Als wäre niemals etwas geschehen. Mal abgesehen davon, dass die wenigen Autos, die auf der Brücke stehen dort für immer geparkt sind. Die Sonne steht nun schon so tief über dem Horizont, dass sie die Stadt in ein sattes Orange taucht. Das Wasser, das unter uns entlangfließt, glitzert in ihrem Licht.

Im Vorbeigehen schreckt Hülya vor einem der Wagen zurück, als eine knochige Hand von innen gegen die Scheibe schlägt.

„Hoffen wir, dass er niemals den Türgriff zu packen bekommt", murmele ich und schiebe Hülya weiter vorwärts.

„Also, nach was genau halten wir Ausschau?", will Kevin wissen. „Ein kleines Haus? Ein Hotel?"

„Oh Gott, ja! Ein Hotel!", schwärmt Paddy. „Was wäre es ein Luxus, wenn mal jeder von uns sein eigenes Zimmer hätte."

Mein Blick wandert zu Chris hinüber, weil ich Einspruch von ihm erwarte. Ein Hotel wäre viel zu groß und unübersichtlich. „Wir müssten erst jeden Raum überprüfen", gebe ich schließlich zu bedenken, als Chris weiter schweigt.

Paddy schnaubt. „Spielverderber."

„Wie wäre es mit dem Zoo?", schlägt Hülya vor und deutet auf ein Schild, das von der Autobahn abführt.

„Der Zoo?", wiederholt Paddy empört. „Klar. Legen wir uns zu den Löwen. Super Idee!"

Sie verdreht nur die Augen und erklärt dann: „Der Zoo ist super geschützt. Vorausgesetzt wir kommen hinein. Natürlich müssten wir wohl ein paar Infizierte beseitigen, wenn wir drin sind. Vermutlich kamen auch schon andere auf die Idee. Aber wenn wir erst einmal ein Gebiet besetzt haben, sollten die Gehegezäune uns sichern."

Auch sie sieht nun zu Chris hinüber und wartet auf seine Einschätzung der Lage. Doch er zuckt nur mit den Schultern. „Was immer du meinst."

„Ich bin mir nicht sicher, ob die Idee so gut ist", sage ich und reibe mir über den Nacken. „Ich wette, da drinnen befinden sich etliche Infizierte. Und dazu noch gefährliche Raubtiere, die ziemlich hungrig sein werden. Ich weiß nicht."

„Wie auch immer wir uns entscheiden", wirft Kevin ein, „wir sollten es jetzt tun." Wir alle folgen seinem Blick hinter uns und ich höre Hülya geräuschvoll einatmen, als wir die Infizierten bemerken, die die Brücke betreten.

„Scheiße", flucht Paddy. Es sind mindestens zehn Untote, die auf uns zuwanken und weitere tauchen dahinter auf.

„Lauft!", herrsche ich die anderen an und auf mein Kommando drehen sich alle herum und rennen los. Doch da wir die Brücke eben erst betreten haben, liegt noch ein weites Stück vor uns und wir alle sind sichtbar entkräftet. Selbst Mila strauchelt immer wieder, Schweißperlen stehen auf ihrer Stirn, als ich sie einhole. „Kannst du sie fühlen?", frage ich atemlos. Unser Vorsprung wird größer, doch einige der Infizierten scheinen noch nicht allzu lange tot zu sein, denn sie legen ein beachtliches Tempo vor.

Sie schüttelt den Kopf. „Es fühlt sich an, als wäre da eine Barriere. Ich stoße immer wieder davor."

„Warum sind sie überhaupt auf uns aufmerksam geworden?", stößt Paddy schnaufend hervor. „Sie können unsere Stimmen nicht bis da unten hin gehört haben."

Wir sind etwa in der Mitte der Brücke, als Mila zusammenbricht. Ein Ruck geht durch ihren Körper und sie fällt krampfend zu Boden.

Paddy und ich stoppen und knien uns zu ihr hinunter. Blut sickert aus einer Wunde an ihrer Stirn auf den Asphalt. Als ich bemerke, dass die anderen ebenfalls langsamer werden, rufe ich ihnen zu: „Lauft weiter! Wir kommen nach."

Hülya zögert einen Moment und hält meinen Blick fest. Dann schaut sie auf und ihre Augen weiten sich. Ich wage es nicht, mich umzudrehen, um zu sehen, was sie sieht. Dafür höre ich das Raunen und Stöhnen der Infizierten gut genug. Sie haben das Blut gewittert.

„Los! Mach schon!", befehle ich ihr und im selben Moment reißt Chris sie am Arm mit. Paddy und ich greifen Mila unter den Achseln. Wir brauchen mehrere Anläufe, bis wir wieder sicher auf unseren Füßen stehen. Mila wie ein nasser Sack zwischen uns. Wir legen uns je einen ihrer Arme um die Schultern und humpeln los. Das Trampeln und Schlurfen hinter uns wird immer lauter und als der Wind dreht, trägt er den beißenden Gestank des Todes mit sich.

Mit dem Auto braucht man vermutlich gerade einmal fünf Minuten über die Zoobrücke. Doch in unserem Tempo zieht sich jeder Meter dahin. Meine Waden krampfen und meine Schulter sticht schon nach kürzester Zeit von der ungewohnten Belastung.

„Weiter, weiter, weiter!", feuert Paddy mich an, dem aufgefallen zu sein scheint, dass ich an meine Grenzen komme. Auch er beißt die Zähne zusammen. Die roten Haare hängen ihm schweißnass in die Stirn. Aber das Ende der Brücke kommt immer näher. Dort sehe ich Hülya stehen und mit beiden Armen winken. Warum läuft sie nicht weiter? Dieses dumme Mädchen! Gerade, als ich ihr etwas zurufen will, verschwindet sie aus meinem Blickfeld und dafür tauchen weitere Infizierte auf.

„Verfluchte Scheiße!", knurrt Paddy und kurz geraten wir ins Straucheln. Endlich wage ich es, einen Blick über die Schulter zu werfen. Hinter uns sind etwa zwanzig Infizierte, wenn nicht mehr. Vor uns wohl genauso viele.

„Sie haben uns eingekesselt", stelle ich überraschend nüchtern fest. Paddy entgegnet nichts. Stattdessen zieht er Mila und mich nach rechts, Richtung Brüstung.

„Was hast du vor?", frage ich nach einem Blick nach unten. Das Wasser glitzert orange im Abendlicht. Weit, weit unter uns.

„Wir müssen springen", erklärt mir Paddy und ich lache kurz trocken auf.

„Bist du wahnsinnig? Das ist Selbstmord."

„Hier oben zu bleiben auch. Wenn wir Glück haben, reißen sie uns schnell in Stücke. Wenn nicht …" Er sieht hinüber zu den Untoten, die uns inzwischen gefährlich nahe gekommen sind. Ich schlucke den Kloß in meinem Hals hinunter, rücke Milas Arm auf meiner Schulter zurecht und nicke.

„Versuche mit den Füßen zuerst einzutauchen. Wenn du mit dem Oberkörper aufkommst, war's das."

„Und Mila?", frage ich, doch er nimmt sie mir bereits ab. „Ich kümmere mich um sie."

Als ich über das Brückengeländer klettere und auf der ungeschützten Seite wieder hinunterrutsche, muss ich kurz die Augen schließen, um den plötzlichen Schwindel loszuwerden, der mich ergreift. Obwohl wir nicht mehr am höchsten Punkt der Brücke sind, pfeift der Wind mir um die Ohren, als hätte ich gerade den Mount Everest bestiegen. Ein paar Tauben fliegen gurrend an mir vorbei und ich wünsche mir nichts sehnlicher, als mit einer von ihnen die Rollen zu tauschen. Ich öffne die Augen wieder und blicke zurück zu Paddy. Gemeinsam heben wir Mila über das Geländer. Mein Herz schlägt mir bis zum Hals, als ich die Hände von der sicheren Brüstung lösen muss, um sie entgegenzunehmen. Meine Knie zittern und ich atme dreimal tief ein und aus, um mich wieder zu beruhigen, dann ziehe ich Mila so eng es geht an mich und greife mit einer Hand wieder hinter mich, um mich festzuhalten.

Paddy hat nicht ganz so viel Zeit, sich an die schwindelerregende Höhe zu gewöhnen wie ich. Die Infizierten sind in greifbarer Nähe. Inzwischen wittern sie das Blut, das Mila verloren hat und es macht sie noch rasender.

Mit einem Sprung hechtet Paddy über das Geländer und nimmt mir Mila behutsam wieder ab, dann schenkt er mir ein zittriges Lächeln. „Viel Glück."

Und ich springe.

KAPITEL 11

HÜLYA

Mir bleibt keine Zeit, mich zu fragen, was aus Raik, Paddy und Mila wird. Chris zieht mich mit sich und wir rennen an den Infizierten vorbei, die nach uns greifen und auf wackeligen Beinen verfolgen. Sie sind überall. Ich habe noch nie so viele auf einmal gesehen. Kevin haben wir bereits aus den Augen verloren.

„Ich kann nicht mehr!", stoße ich japsend hervor, doch Chris ignoriert meine Beschwerde und greift meine Hand nur noch fester. Mir ist heiß, mein Herz donnert und das Blut rauscht in meinen Ohren. Meine Oberschenkel krampfen sich immer wieder schmerzhaft zusammen, aber wir müssen weiter. Wir müssen ihnen entkommen.

Chris zerrt mich zur Autobahnabfahrt. Die Strecke ist abschüssig und führt endlich von der Brücke hinunter. Die Straße lenkt uns in einem langen Bogen um den Beginn der Seilbahn herum. Die Gondeln hängen nutzlos an dem dicken Drahtseil, seit Jahren nicht mehr gebraucht. Kurz überlege ich, ob wir uns in einer der Gondeln verschanzen könnten. Doch die Infizierten sind geduldig. Sie würden so lange davor verharren, bis wir entweder verhungern oder herauskommen. Chris scheint dasselbe gedacht zu haben, denn er zerrt mich weiter. Immer wieder stolpert einer von uns beiden, aber wir schaffen es, nicht zu fallen. Äste schlagen mir ins Gesicht und Dornen von dichtgewachsenen Büschen reißen mir die Arme auf, als wir durch einen Park voller skurriler Skulpturen rennen. Und die Infizierten sind auch hier. Sie sind überall. Lange werden wir nicht mehr durchhalten können.

Ich würde Chris gerne fragen, ob er ein Ziel hat. Ob er weiß, was er tut. Aber dafür reicht meine Luft nicht aus. Jeder Atemzug brennt in meinen Lungen. Im Zick-Zack weichen wir den Untoten aus. Sie tauchen wie aus dem Nichts auf, treten hinter den Skulpturen oder Bäumen hervor. Als hätten sie nur darauf gewartet, dass wir hierher kommen. Immer weiter kesseln sie uns ein und Chris muss sich immer wieder neue Routen überlegen. Wie zwei Kaninchen springen wir von links nach rechts und wieder zurück, bücken uns unter ihren Händen hindurch und straucheln weiter.

Dann lichtet sich der verwilderte Park endlich und wir betreten erneut eine Straße. Dahinter liegt der Rhein. Nun begreife ich, was Chris plant. Er will auf einen der Frachter, die hier vor Anker liegen.

Mit letzter Kraft erreichen wir den schmalen Anleger, dessen Metall unter unseren hämmernden Schritten blecherne Töne von sich gibt. Die Infizierten sind nicht ganz so schnell, doch auch sie steuern auf das Schiff zu.

Plötzlich bremst Chris ab und ich pralle unsanft gegen seinen Rücken. Bevor ich über das niedrige Geländer stürzen kann, packt er mich und zieht mich wieder auf die Füße.

Dann drängt er mich langsam zurück. Als ich einen Blick über seine Schulter wage, weiß ich wieso. Ein einzelner Infizierter wankt uns auf dem Steg entgegen. An seiner zerfetzten blauen Jacke baumelt ein kleiner Anhänger in Form eines goldenen Ankers. Unter dem weißen Vollbart ist sein Gesicht blass und ausgemergelt. Stöhnend streckt er uns eine Hand entgegen, fast als wollte er uns an Bord helfen.

Schritt für Schritt schiebt Chris mich zurück, doch ich schüttele wild den Kopf, als ich die Horde von Infizierten sehe, die uns zum Schiff verfolgt.

„Nicht zurück", bitte ich leise und als Chris meinem Blick folgt, bleibt er sofort stehen. Ich sehe seinen Kiefer mahlen, dann greift er nach seinem Messer. Doch der Griff rutscht ihm durch die schweißnassen Hände und machtlos müssen wir mit ansehen, wie seine Waffe über

Bord geht und mit einem leisen Platschen im ruhigen Rhein landet.

„Nein", hauche ich und greife nach meinem eigenen Messer. Doch im selben Moment verfolgt Chris offensichtlich einen ganz anderen Plan. Mit beiden Händen packt er nach dem toten Kapitän, wirft sich zur Seite und reißt ihn mit sich über das Geländer.

„Nein!", schreie ich und greife ihm hinterher, doch schon haben beide die Wasseroberfläche durchbrochen. „Nein!" Diesmal kommt das Wort nur noch erstickt aus meinem Hals. Der Anleger erbebt, als die ersten Infizierten ihn betreten und ich drücke mich vom Geländer weg und haste weiter nach oben, bis ich auf dem Schiff ankomme. Der Boden donnert blechern unter meinen Schritten, als ich panisch nach einem Versteck suche und schließlich die erstbeste Tür öffne. Mir bleibt keine Zeit, zu überprüfen, ob der dunkle Raum dahinter leer ist oder nicht. Ich springe hinein, ziehe die Tür hinter mir zu und halte den Türgriff fest. Die völlige Finsternis verschluckt mich und mit wild hämmerndem Herzen und abgehackten Atemzügen versuche ich dem Donnern der Leichenhände standzuhalten, die von außen gegen die Tür schlagen.

Irgendwann geben meine Beine unter mir nach. Stöhnend drehe ich mich um und rutsche mit dem Rücken an der Tür entlang hinab. Ich lehne den Kopf gegen das kühle Metall und schließe die Augen.

Ich wollte nie wieder alleine sein. Nie wieder. Und jetzt bin ich es mehr als je zuvor. Chris ist weg. Ausgerechnet Chris, der nie durch diese blöde Stadt wollte. Chris, der alles getan hat, um uns davon abzuhalten. Und er ist nur mir zuliebe mitgekommen. Wenn er das nicht überlebt, klebt sein Blut an meinen Händen. Ich habe ihm das angetan. Ein leises Schluchzen entringt sich meiner Kehle. Es fühlt sich seltsam und ungewohnt an. Seit Jahren habe ich nicht mehr geweint. Schon lange habe ich diesen Schmerz nicht mehr gespürt. Diese Schuld.

Der Kloß in meinem Hals wird immer größer, bis er mir schier den Atem raubt. Wieder schluchze ich und vergrabe das Gesicht in meinen zitternden Händen.

Alles umsonst. Der ganze Weg. Die Verluste. Alles für nichts. Ich bin so weit weg von zuhause wie lange nicht mehr. Einsam. Und so werde ich wohl auch sterben. In den letzten Jahren habe ich mir oft ausgemalt, wie das wohl sein wird. Wie mein Tod aussehen wird. Aber bei keiner dieser Visionen habe ich mich in einem Schiff gesehen.

Zitternd atme ich ein und öffne die Augen. Der Raum ist jetzt nicht mehr ganz so finster, doch was ich in der Dunkelheit ausmachen kann, muntert mich auch nicht unbedingt auf. Ich bin offensichtlich in einer Art Abstellkammer gelandet. Eimer, Schrubber und Besen stapeln sich an der gegenüberliegenden Wand. Das könnte der Grund für den muffigen Geruch sein. Aber auch, dass sich kein Fenster in der kleinen Kammer befindet. Nur ein kleines, vergittertes Loch, knapp unterhalb der Zimmerdecke, gerade einmal groß genug, dass meine Hand hindurchpassen könnte, lässt ein wenig Luft, aber kein Licht herein. Anscheinend führt es in einen anderen abgeschlossenen Raum.

„Hätte ich nicht wenigstens in einer Vorratskammer landen können?", murmele ich leise vor mich hin. Immer noch stoßen die Infizierten von außen gegen die Tür. So schnell werden sie nicht aufgeben. Was haben sie auch zu verlieren? Tot sind sie ja schon. Im Gegensatz zu mir.

Ich schrecke aus einem unruhigen Schlaf hoch und greife an das Messer, das an meinem Gürtel hängt. Mein Atem geht schnell, die Muskeln sind angespannt, bis mich ein Krampf in der Wade trifft. Stöhnend kugele ich mich zusammen und reibe über das steinharte Bein, bis es sich allmählich wieder entspannt.

Ich muss vor Erschöpfung eingeschlafen sein. Meine Augen sind wund und verkrustet, als hätte ich im Schlaf geweint. Die Tür wackelt immer noch unter vereinzelten Stößen, doch es sind weniger geworden. Ich höre ihre schlurfenden Schritte und das leise Stöhnen. Aber auch ein anderes Geräusch. Ein Prasseln und Rauschen. Regen.

Als ich mich aufrichte, ist meine Hose nass. Im ersten Moment befürchte ich, ich hätte mich im Schlaf eingenässt, doch dann sehe ich das Wasser unter der Tür durchsickern.

Na toll.

Humpelnd, weil meine Wade von den Nachwirkungen des Krampfes noch schmerzt, hole ich mir einen der Eimer, drehe ihn herum und nutze ihn als Hocker. Wie spät es wohl ist? Vermutlich mitten in der Nacht.

Mir ist kalt. Die nasse Hose tut ihr Übriges und ich reibe mir fröstelnd über die Arme, um mich selbst zu wärmen.

Was würde ich jetzt für Raiks Jacke geben. Was würde ich dafür geben, Raik wiederzusehen. Aber ob er noch lebt, ist ungewiss. Raik, Paddy, Mila, Kevin, Chris… Sie alle könnten längst tot sein. Untot. Wie auch immer.

Aber der Schlaf, so kurz und unruhig er auch gewesen sein mag, lässt mich die Lage wieder klarer sehen. Meine Panik ist größtenteils verflogen und mein Gehirn beginnt wieder zu arbeiten.

Ich kann hier nicht bleiben. Will hier nicht verrotten. Lieber lasse ich mich fressen. Wenn Chris wirklich tot ist, wird mich hier niemals jemand finden.

Ich lausche auf die Schritte vor der Tür. Wie viele es wohl sind? Wie viele von ihnen haben es auf das Schiff geschafft? Einige sind sicherlich über Bord gegangen, weil sie sich gegenseitig gestoßen haben oder zu ungeschickt waren. Manche sind vielleicht erst gar nicht raufgekommen. Wie hoch sind meine Chancen, wenn ich den Raum verlasse? Wieder greife ich nach meinem Messer. Sicher könnte ich den einen oder anderen von ihnen erwischen. Und dann müsste ich schnell sein. Schneller als sie.

Ich atme noch einmal tief durch, dann stehe ich auf und schleiche durch den Raum. Vorsichtig lege ich mein Ohr an die Tür und versuche, die Schritte und Laute zu lokalisieren. Mindestens zwei von ihnen sind direkt vor der Tür. Ein paar andere etwas weiter weg. Doch der Regen macht es mir schwer. Er übertönt und schluckt viele Geräusche.

Es kostet mich einiges an Überwindung, nach dem Türgriff zu packen und ihn langsam, Stück für Stück herunterzudrücken. Als er schließlich ganz unten ist, muss ich noch einmal durchatmen, bevor ich die Muskeln anspanne und mit der freien Hand mein Messer herausziehe. Dann stoße ich die Tür mit einem kräftigen Ruck auf. Zu meinem Glück erwische ich dabei einen der Infizierten, der rückwärts taumelt und zumindest kurz von den Füßen gerissen wird. Ich stürme vor, ramme dem nächsten mein Messer ins Auge, ziehe es wieder heraus und renne weiter Richtung Anleger, während ich durch die nächtliche Dunkelheit und den Regen hindurch versuche, die Gegner ausfindig zu machen. Manche von ihnen sind bereits auf dem Weg zu mir. Ich zähle auf die Schnelle fünf, doch ich mache mir nicht die Mühe, mein Messer gegen sie zu erheben. Das würde mich zu viel Zeit kosten. Stattdessen renne ich weiter, schlittere das letzte Stück über das glatte Schiffsdeck und bekomme gerade noch so das Geländer zu fassen, um mich auf den schmalen Steg zu wuchten. Mit donnernden Schritten rase ich darüber hinweg und atme auf, als ich endlich wieder festen Boden unter den Füßen habe. Kurz schaue ich mich um, doch nicht nach den Infizierten, sondern ins Wasser. Als könnte ich Chris dort noch irgendwo entdecken. Aber die Hoffnung ist vergebens. Der Rhein ist ein einziger dunkler Streifen. Eine schwarze Fläche, die nur durch den immer stärker werdenden Regen gebrochen wird. Also wende ich mich ab und flüchte weiter. Ohne Ziel. Ohne Anhaltspunkt.

Zumindest scheinen die Infizierten, die noch vor ein paar Stunden jeden Bereich hier belagert haben, sich inzwischen wieder verzogen zu haben, denn ich sehe kaum einen zwischen den Bäumen und Büschen des Parks. Für eine Sekunde kommt mir der skurrile Gedanke, dass sie sich vielleicht vor dem Regen in Sicherheit gebracht haben. Aber das ist wohl eher unwahrscheinlich. Wahrscheinlicher ist, dass sie woanders Beute gewittert haben. Vielleicht Chris? Ich renne weiter, bis ich ein offenstehendes Gebäude entdecke. Ein Abrisshaus. Ich rette mich hinein, um kurz atmen und ruhig denken zu können. In Gedanken wühle ich mich durch alte Erinnerungen an Köln. Versuche, mir Orte und Gebäude ins Gedächtnis zu rufen, die sich als Zufluchtsort für diese Nacht eignen könnten. Aber es ist zu lange her und bis auf den Zoo und die Seilbahn, die sich in mein Kinderhirn brannten, kann ich mich an nichts richtig erinnern.

Dann reißt mich ein Geräusch ins Hier und Jetzt zurück. Ein Schlurfen in der Dunkelheit. Meine Finger bohren sich in den Griff des Messers. Ruhig atmen. Leise sein. Da. Da war es wieder. Schwerfällige Schritte, die sich mir nähern. *Bitte, lass es nur einen sein*, bete ich immer wieder. Dann tritt eine Gestalt aus der Dunkelheit hervor. Groß, breitschultrig und mit einem schiefen Grinsen im Gesicht. Ein Grinsen. Infizierte grinsen nicht. Für einen Moment atme ich aus, dann stockt mir der Atem wieder, als der Fremde mit zwei weiteren großen Schritten auf mich zukommt, mir das Messer aus der Hand schlägt und mich mit seinem Unterarm an meinem Hals gegen die Wand hinter mir drückt. Sein fauliger, heißer Atem streicht über meine Lippen als er flüstert: „Na, wen haben wir denn da?"

KAPITEL 12

RAIK

Zuerst spüre ich den Regen. Kalte Tropfen auf meiner rechten Wange. Die linke liegt im Schlamm begraben. Dann, nach und nach, spüre ich alle meine Glieder. Und ich wünsche mich augenblicklich zurück in den besinnungslosen Zustand, in dem ich mich bis eben befand. Stöhnend richte ich mich auf, ziehe die tauben Füße aus dem Wasser und krieche ein paar Meter weiter vor, nur um mich dort wieder fallen zu lassen. Spitze Steine stechen mir in den Bauch und die Oberschenkel, aber am schlimmsten sind die Schmerzen an meinem Rücken und meinen Armen. Die Stellen, die viel zu schnell auf die viel zu harte Wasseroberfläche geprallt sind. Meine Haut brennt, sticht und kribbelt. Doch ich habe Glück, wenn ich mit einem Bluterguss davon komme.

Ich habe überlebt. Ich lebe noch. Ein glucksendes Lachen zwängt sich aus meiner Kehle.

„Oh Gott", raune ich, „ich lebe. Ich lebe. Ich lebe."

Erst dann kann ich weiter denken. Mit Mühe richte ich mich auf und komme schwankend auf die Füße, die mich noch nicht richtig tragen wollen. Dann blicke ich das Flussufer entlang. Nach links. Nach rechts. Niemand zu sehen. Wo ist Paddy? Wo ist Mila? Ich schaue nach oben, entdecke die Zoobrücke nicht weit von mir entfernt. Wurden die beiden eventuell an einer anderen Stelle angespült? Oder sind sie etwa… Ich schüttele unbewusst den Kopf, um den Gedanken zu vertreiben und folge dann dem Flusslauf. Irgendwo müssen sie gestrandet sein. Ich muss sie finden.

Der Regen und mein Atem füllen meine Ohren fast vollständig aus. Ich bin so gut wie taub. Wenn ein Infizierter in der Nähe ist, kann ich ihn in meinem aktuellen Zustand weder rechtzeitig sehen noch hören. Immer wieder stolpere ich über die glitschigen Steine, schneide mir die Hände an Scherben auf, als ich mich am Boden abfange und wieder aufrichte.

Wo sind sie? Ich bin kurz davor, nach den beiden zu rufen, als mich etwas an der Schulter berührt. Erschrocken mache ich einen Seitwärtsschritt und taumele auf das Wasser zu. Im letzten Moment packt mich eine Hand am Arm und hält mich fest. Erst jetzt erkenne ich, wer da vor mir steht.

„Chris!", stoße ich erleichtert aus und hätte den Mistkerl am liebsten in meine Arme gerissen.

Er scheint nicht ganz so erfreut über unser Wiedersehen zu sein, wie ich, aber das ist mir egal. Erleichterung überschwemmt mich. Wenn Chris da ist, kann Hülya nicht weit sein. Doch als ich mich suchend umschaue, schüttelt er den Kopf. „Ich habe sie verloren."

„Du hast *was*?"

Er presst die Lippen aufeinander und lässt meinen Arm los.

„Wie konntest du sie verlieren?", frage ich und könnte mir dafür selbst eine reinhauen. Überraschenderweise reagiert er nicht auf so auf meinen Vorwurf, wie ich erwartet hatte. Stattdessen reibt er sich nur mit einer Hand über das regennasse Gesicht. „Ich musste sie auf dem Schiff zurücklassen und die Infizierten von ihr ablenken. Es war nicht anders möglich."

„Auf dem Schiff? Auf welchem Schiff?"

Er deutet den Fluss entlang, gegen den Lauf des Wassers.

„Dann suchen wir sie dort."

Er schüttelt den Kopf. „Das habe ich schon. Sie ist nicht mehr da."

Seine Brust hebt und senkt sich unter schweren Atemzügen. Eine Weile schweigen wir beide, dann halte ich es nicht mehr aus. „Hey, Mann. Sie lebt noch. Es ist Hülya. Sie weiß, was zu tun ist."

Doch irgendwie scheinen meine Worte seit unserem Zusammentreffen immer das Gegenteil von dem zu erreichen, was sie sollten, denn plötzlich wird er wütend und stößt mich mit beiden Händen gegen die Brust. „Das ist alles deine Schuld!"

Ich stolpere zwei Schritte zurück und sehe ihn perplex an. „Was?"

„Du wolltest unbedingt durch die Stadt. Wären wir außen herum gegangen…"

Damit trifft er genau ins Schwarze. Er wühlt die Schuldgefühle auf, die seit der Brücke in mir schlummern. Schuldgefühle, die bisher keine Zeit hatten, an die Oberfläche zu kommen. Doch nun scheine ich beinahe darin zu ertrinken. Aber vor ihm würde ich das nicht zugeben.

„Alter, was ist dein Problem?"

Er stößt ein wildes Knurren aus und verpasst mir einen Kinnhaken, der meinen Kiefer knacken lässt. Ich taumele zurück, stolpere über einen Stein und lande rücklings im Schlamm. Der Schmerz, der meinen Rücken dabei überzieht, nimmt mir schier den Atem.

„*Du* bist mein Problem!", faucht Chris, der breitbeinig über mir steht. Sein Brustkorb bläht sich auf, die Hände sind immer noch zu Fäusten geballt. Ich reibe mir stöhnend über das Kinn und versuche, die Lichtblitze zu vertreiben, die vor meinen Augen zucken.

„Scheiße", murmele ich, als ich Blut schmecke. Ich spucke es in den Schlamm neben mir

114

und richte mich dann langsam wieder auf. „Also gut, ja", gebe ich zu, „vielleicht hast du recht. Es war dumm, okay? Ich wollte uns Zeit sparen und vielleicht habe ich mich zu sehr auf Milas Fähigkeiten verlassen. Aber deine ständige Feigheit hätte uns auch nicht ans Ziel gebracht."

Chris lacht trocken auf. „Feigheit?"

Ich sehe ihm in die Augen, die er zu Schlitzen zusammengepresst hat. Sei es vor Wut oder um sich vor dem starken Regen zu schützen, der uns beiden aus den Haaren ins Gesicht tropft.

„Du gehst ständig allen Problemen aus dem Weg. Der geringste Hauch von Risiko und du ziehst den Schwanz ein."

Er schweigt und starrt mich an. Wir beide sind durchnässt vom Regen. Die Kleidung klebt uns am Körper.

„Das habe ich für ihn getan", sagt er schließlich leise.

Ich sage nichts, doch er scheint die stumme Frage in meinen Augen zu verstehen.

„Hülyas Vater", fährt er fort. „Ich habe es ihrem Vater versprochen. Dass ich auf sie aufpassen werde. Dass ich immer an ihrer Seite bleibe. Dass ich alle Gefahren von ihr fernhalte." Er wendet sich von mir ab und reibt sich über das Gesicht. „Ich hab es versucht. Nicht nur für ihn. Auch für mich. Weil ich sie liebe."

Ich atme unwillkürlich tiefer ein, als er die Worte ausspricht. Er dreht sich wieder zu mir herum. „Das weiß ich jetzt. Ich weiß, dass ich sie liebe. Und dass es nicht mehr nur um das Versprechen geht. Es geht um sie."

Ich hatte es mir gedacht. Natürlich. Natürlich liebt er sie. Wie kann man sie nicht lieben? Mir schießen Erinnerungen durch den Kopf. Hülya und ich im Wohnwagen. Unsere Gespräche dort und die Art, wie sie mich zum Lachen gebracht hat. Sie in meinen Armen. Ich hätte sie noch Kilometer weit getragen. Ihre Lippen auf meinen. So sanft und zaghaft. Ängstlich und trotzdem forschend.

„Liebst du sie auch?", fragt er mich und ich schließe kurz die Augen, um die Gedanken beiseite zu schieben, bevor ich ihn wieder ansehe.

„Ich…" Da durchzuckt mich plötzlich ein bekannter Schmerz. Als hätte mir jemand ein Messer in den Kopf gerammt. Stöhnend sacke ich vor Chris in die Knie und presse mir die Hände an die Schläfen.

Er ist wieder da.

KAPITEL 13

HÜLYA

Der raue Beton der Wand schabt an meinen Schulterblättern, als ich versuche, mich aus dem Griff des Fremden zu befreien. In der Dunkelheit kann ich seine Augen nicht erkennen. Wie zwei schwarze Höhlen starren sie auf mich herab.

„Na, na, na", tadelt er mich und drückt seinen Arm noch fester gegen meine Kehle. Ich muss unwillkürlich husten, doch selbst das gelingt mir nicht. Langsam gerate ich in Panik. Ersticken. Ich werde ersticken. Mit der anderen Hand hält er meine Handgelenke hinter meinem Rücken umklammert. Sein Unterleib presst sich an meinen und ich spüre seine Lippen an meiner Schläfe. Dann flüstert er in mein Ohr: „Ich denke, ich muss dir nicht sagen, dass du nicht schreien solltest." Er lacht verhalten und ich schließe die Augen, als er meine Wange küsst. Dann drückt er seine Lippen auf meine und ich wimmere leise.

Sein Unterarm löst sich langsam von meinem Hals, doch bevor ich reagieren kann, legen sich seine Finger an dieselbe Stelle.

Ich sauge gierig die Luft ein, speichere sie in meinen Lungen. Der Druck auf meinen Unterleib verstärkt sich und ich würge die aufkommende Übelkeit hinunter.

„Schhht", ermahnt er mich und leckt über mein Kinn. „Süß bist du", murmelt er. „Ich denke, dich werde ich behalten. So ein Glück hat man selten. Da verfolgt man ein süßes Ding und findet noch ein zweites."

Ich öffne die Augen wieder und lasse die Worte langsam in mein Unterbewusstsein sickern. Was meint er? Hier war noch ein anderes Mädchen? Mila vielleicht? Und was meint er damit, dass er mich behalten will? Was hat er mit ihr gemacht?

Als er seinen Kopf senkt, um mein Dekolleté zu küssen, huscht mein Blick nach rechts. Dort unten, etwa zwei Meter von mir entfernt, liegt mein Messer. Ich muss nur bis dorthin gelangen. Noch einmal bäume ich mich unter seinem Griff auf, ziehe mein Knie nach oben und will es ihm zwischen die Beine rammen, doch er steht so dicht vor mir, dass ich es nicht so hoch bekomme.

Sofort verstärkt sich der Griff um meinen Hals und meine Augen werden groß, als er mir die Luft komplett abwürgt.

Er zieht mich ein Stück zu sich vor und donnert mich dann mit voller Wucht zurück gegen die Wand. Mein Hinterkopf schlägt gegen den Beton und hätte er mich nicht festgehalten, wäre ich in diesem Moment in die Knie gegangen.

„Wag es noch einmal und ich schlage dir den Schädel ganz ein", knurrt er. Dann beugt er sich vor und beißt mir in die Unterlippe. Bis auf ein leises Ächzen kommt kein Laut über meine Lippen. Ein Rauschen brandet in meinen Ohren auf. Mein Blut. Es wird so laut, dass es das verhaltene Stöhnen des Mannes übertönt. Inzwischen hat er meine Hände losgelassen, um sich an meinem Schritt zu schaffen zu machen. Doch ich bin so schwach, dass ich mich nicht mehr wehren kann. Meine Arme hängen leblos an meinem Körper herab.

Plötzlich geht ein Ruck durch den Körper des Fremden, dann löst sich der Griff um meinen Hals und mit ihm zusammen sinke ich zu Boden. Kurz bevor ich dort aufkomme, fangen mich zwei Hände auf. Sie sind schmaler, zarter, als die des Mannes.

Durch das Rauschen in meinen Ohren höre ich eine leise Stimme: „Atmen, Hülya. Atmen."

Japsend schnappe ich nach Luft, mein Oberkörper bäumt sich auf, dann übergebe ich mich auf den kalten Betonboden.

Mila. Sie ist da. Sie streicht mir über den Rücken, hält mir die Haare aus dem Gesicht.

Mein Blick fällt auf den leblosen Körper vor uns. Blut sickert aus einer Platzwunde an seinem Hinterkopf.

„Wie…" Ich muss mich räuspern, um meine Stimme zu festigen. „Wie hast du…"

„Ziegelstein", antwortet sie und deutet auf den eckigen Gegenstand neben dem Mann.

Erschöpft sinke ich zurück in ihre Arme, doch bevor sich die Erleichterung in mir breit machen kann, hören wir Stimmen von draußen.

„Der Schwerenöter. Als wären die Mädels zuhause ihm nicht genug"; lacht eine kratzige Stimme.

„Er sollte sich lieber in Acht nehmen. Hier lief heute ein ganzes Rudel von den Mistviechern herum." Zwei. Es sind mindestens zwei.

Hektisch packt Mila mich unter den Armen und zieht mich über den Boden weiter zurück in den Schatten. Immer wieder geben meine Beine nach, als ich aufstehen will.

„Maik", raunt einer der beiden Männer. „Mach hinne. Wir müssen zurück. Nimm sie von mir aus mit, wenn du willst."

Dann betritt der erste das abbruchreife Gebäude. Seine Silhouette hebt sich dunkel von dem nachtgrauen Hintergrund ab.

Zuerst fällt sein Blick auf die Leiche und er bleibt wie erstarrt stehen, dann entdeckt er Mila und mich.

„Was zum Teufel… Peer, sieh dir das an."

Gegen die beiden haben wir keine Chance. Sie packen uns an den Haaren und zerren uns auf den Knien über den rauen Boden, hinaus aus dem Haus. Wir wagen es nicht zu schreien. Ich sehe die Qual in Milas Augen. Die Verzweiflung, dass sie nichts gegen diese Mistkerle tun kann. Offensichtlich hat sie immer noch nicht die Kontrolle über die Infizierten zurückerlangen können.

„So etwas habe ich auch noch nicht erlebt", knurrt der eine, der anscheinend Peer heißt. „Was seid ihr? Zwei verfluchte Emanzen? Noch nicht mitbekommen, in was für Zeiten wir leben? Ihr hättet euch glücklich schätzen können, Maik auf eurer Seite zu haben." Er packt mich grob an den Handgelenken und zieht mich auf die Füße. Ich presse die Lippen aufeinander, als sein Gesicht meinem näher kommt. Doch dann überlege ich es mir anders und spucke ihm in seinen fies grinsenden Mund.

Prustend und würgend wendet er sich ab, lockert dabei aber nicht seinen Griff um meine Handgelenke. „Kleine Schlampe!", flucht er, dann sieht er seinen Kumpel an. „Was denkst du, Jan? Sie hat sich eine Sonderbehandlung verdient, nicht wahr?"

Der Jüngere der beiden nickt. Dabei fällt mir die Narbe auf, die sich quer über sein Gesicht zieht. „Das denke ich auch."

Er packt Mila um die Taille und zieht sie zu sich heran. Ihre Lippen verziehen sich zu einem angewiderten Ausdruck. „Aber sie sind süß. Wir sollten sie vorher noch etwas auskosten."

Wieso kommen Infizierte eigentlich immer nur dann, wenn man sie nicht gebrauchen kann? Der eine oder andere Untote käme uns jetzt nicht allzu ungelegen. Doch es lässt sich keiner blicken und die beiden Männer ziehen Mila und mich hinter sich her durch den dunklen Park. Wenn diese schreckliche Nacht doch nur endlich ein Ende nehmen würde. Mir graut es vor dem, was uns noch erwartet.

Mehr stolpernd als laufend folge ich notgedrungen dem Fremden, bis ein altbekannter Ort vor mir auftaucht. Der Kölner Zoo.

Der breite Eingang, durch den einst Menschenmassen drängten, wurde mit Gittern, Blechen und Holzbrettern verbarrikadiert. Peer und Jan schieben uns seitlich am Eingang vorbei und hämmern in einem einstudierten Takt gegen die geschlossene Tür. Sofort wird sie von innen entriegelt und geöffnet. Eine vernarbte Frau mittleren Alters grinst uns aus einem fast zahnlosen Mund entgegen.

„Was habt ihr denn da mitgebracht?"

„Laber nicht", murrt Peer und stößt sie grob beiseite.

Der Innenhof des Zoos ist im Dunkeln zwar kaum auszumachen, aber auch so erkenne ich, dass von seinem einstigen Charme kaum etwas übrig geblieben ist. Die Gebäude sind verwahrlost, die Anlagen ungepflegt und zugemüllt.

Die Menschen, die sich hier niedergelassen haben, scheinen sich nicht viel aus einer gemütlichen Atmosphäre zu machen.

„In die Scheune mit ihnen?", fragt Jan und Peer nickt.

„Schweinestall", meint er grinsend und stößt mich weiter vorwärts. Er lässt mich nun laufen, ohne mich festzuhalten. Doch es bringt mir nichts, vor ihm davon zu rennen. Ich gehe davon aus, dass das gesamte Gelände verschlossen ist. Wo sollte ich mich schon hin flüchten? Wahrscheinlich leben die Kerle schon seit einiger Zeit hier und kennen jeden Winkel und jedes Versteck.

Mila und ich werden in einen Stall gebracht, in dem es abartig nach Kuhmist und Schlimmeren stinkt. Und tatsächlich entdecke ich auch zwei Kühe, die mich aus traurigen Augen ansehen, als ich an ihrer Box vorbeigeschoben werde. Peer öffnet eine Boxentür, die zur unteren Hälfte aus Holzbrettern besteht und oben vergittert ist, dann stößt er uns hinein und spuckt noch einmal vor mir aus, bevor er die Tür wieder verschließt.

Als sein grinsendes Gesicht vor dem Gitter auftaucht, schlage ich mit der flachen Hand gegen die Metallstreben. Peer zuckt zurück und um uns herum entsteht eine plötzliche Unruhe. Das Quietschen eines Esels, gackernde Hühner und Hufgetrappel, das wohl von Ziegen oder Schaffen stammt. Auch in unserer Box rührt sich etwas und Peer und Jan lachen laut auf, als ich erschrocken vor den beiden riesigen Schweinen zurückweiche, die aus dem Heu aufspringen.

„Viel Spaß heute Nacht bei den Allesfressern", deutet Peer an und zwinkert uns zu, bevor er den Stall verlässt.

Mila und ich stehen dicht nebeneinander, mit dem Rücken an die Wand gepresst und sehen zu den Schweinen hinab, die uns bis zur Hüfte reichen.

Die beiden Rüsseltiere schnuppern laut grunzend an uns und ich quietsche leise auf, als eines davon an meinem Hosenknopf zupft.

Mila seufzt auf und streckt vorsichtig die Hand nach ihm aus, um liebevoll seinen Kopf zu tätscheln. „Mir sind diese Schweine lieber, als die beiden da draußen", meint sie und ich muss ihr zustimmen.

KAPITEL 14

RAIK

„Was soll ich jetzt tun?", will Chris wissen. Unsicher beäugt er mich, als ich auf allen Vieren da hocke und versuche, den immer wieder aufwallenden Schmerz zu überstehen.

Weil ich nicht antworten kann, schüttele ich lediglich den Kopf. Was auch nicht besser ist, weil es sich anfühlt, als würde ich meine Gehirnmasse in einem Mixer verrühren. Meine Finger krallen sich in den schlammigen Boden, damit ich nicht endgültig den Halt verliere. Ich muss standhaft bleiben. Ich darf ihn nicht herauskommen lassen.

Lächerlich, höre ich Mareks Stimme in meinem Geist. *Er wird der Erste sein, den ich erlöse.*

Stöhnend versuche ich Chris zu verstehen zu geben, dass er abhauen soll. Dass er sich in Sicherheit bringen soll. Doch mehr als dieses Stöhnen bringe ich nicht zustande.

Mila. Wo ist Mila? Ich brauche sie.

Als Chris mir unter die Achseln greift und mich hochzieht, kann ich mich nicht einmal gegen seinen Griff wehren.

„Was soll ich tun?", fragt er noch einmal. „Muss ich dich fesseln? K.O. schlagen? Was?"

Ich will nicken. Will ihn bitten, mich außer Gefecht zu setzen. Doch stattdessen raune ich: „Nein, das wird nicht nötig sein."

Meine Seele schreit. Sie schreit und schlägt gegen unsichtbare Wände. Ich will Chris warnen. Das bin nicht ich. Das war nicht ich, der da mit ihm gesprochen hat.

Noch hat Marek nur Kraft über meine Stimme. Doch wie lange wird er brauchen, um auch meine anderen Körperfunktionen zu übernehmen? Wie lange wird er brauchen, um Chris zu töten?

Panisch beginne ich, mich aus Chris' Griff zu wenden. Ich schüttele ihn ab und sinke wieder auf die Knie.

„Was?", fragt Chris. „Was ist los?"

„Schon gut", antwortet Marek für mich. „Es geht mir gleich besser. Ich habe es gleich unter Kontrolle."

Chris hockt sich zu mir hinunter, viel zu nah. Viel zu greifbar. Er nickt erleichtert und legt eine Hand auf meine Schulter. Warum muss er ausgerechnet jetzt Verständnis aufbringen? Warum will er ausgerechnet jetzt mein Kumpel sein?

Schlag mich!, schreie ich ihn stumm an. *Schlag mich k.o.! Fessele mich! Wirf mich von mir aus ins Wasser. Tu irgendetwas!*

Ich greife nach seinem Hemdkragen, will ihn schütteln, ihn herausfordern. Doch stattdessen ziehe ich mich daran hoch und Chris lächelt mich aufmunternd an.

„Lass mir noch ein paar Minuten", sagt Marek mit meiner Stimme. „Dann bin ich so weit."

Tief in mir höre ich ihn lachen. Viel zu laut. Viel zu siegessicher.

Mila!, schreie ich stumm. *Mila, wo bist du?* Und wenn sie tot ist? Was wird dann aus mir? Eine Hülle? Mehr nicht?

Meine Finger knacksen, als Marek sie zu Fäusten schließt und wieder öffnet. Ein fremdes Lächeln huscht über mein Gesicht.

„Alles gut?", fragt Chris.

„Alles gut", antwortet Marek, dann zückt er mein Messer.

KAPITEL 15

HÜLYA

Nicht nur Mila, auch ich schlafe in dieser Nacht keine einzige Sekunde mehr. Obwohl wir schnell merken, dass die Schweine friedlich sind und nicht die Absicht haben, uns zu fressen, kommen wir nicht zur Ruhe. Mila versichert mir immer wieder, dass sie Wache hält und ich ruhig die Augen schließen kann. Doch ich kann den Blick nicht von der Tür abwenden. Was, wenn sie in einer Stunde wiederkommen? Oder in zwei? Was, wenn sie uns auseinanderreißen? Alleine würde ich hier zugrunde gehen.

Hinzu kommt, dass der Boden keine einzige trockene Stelle bietet. Das Stroh riecht faulig und wurde wohl seit Monaten nicht gewechselt. Wir hocken auf unseren Fersen, mit dem Rücken an den Bretterverschlag hinter uns gelehnt und lauschen dem Trommeln des Regens. Irgendwann lässt er nach und durch die vergitterten Fenster dringt das erste, trübe Licht des

Morgens. Endlich hat die Nacht ein Ende. Aber was wird der Tag uns bringen? Was haben die Kerle mit uns vor? Ich kann es mir beinahe denken, verscheuche diese gruselige Vorstellung aber ganz schnell wieder.

Ächzend verändere mich meine Position und strecke meine müden Glieder. Dann drehe ich den Kopf zur Seite und beobachte Mila, die seit geraumer Zeit stumm an die gegenüberliegende Wand starrt.

„Wir kommen hier wieder raus", versichere ich ihr … und wohl auch mir selbst … in leisem Ton. Im ersten Moment reagiert sie nicht und ich glaube schon, dass sie mich nicht gehört hat, als sie flüsternd antwortet: „Er ist weg."

Ich runzele die Stirn. „Wer?"

„Dante. Er ist weg." Ihre Stimme bricht. „Ich spüre ihn nicht mehr."

Ich weiß nicht, was ich darauf antworten soll. Also sehe ich sie bloß weiter an und halte die Luft an, als eine einzelne Träne über ihre Wange rollt. „Er antwortet mir nicht. Ich rufe ihn. Immer wieder. Aber er antwortet mir nicht." Endlich sieht sie mich an und in ihren großen braunen Augen liegt eine Verzweiflung, wie ich sie noch nie zuvor gesehen habe. „Was ist bloß los? Was stimmt nicht mit mir?"

Ich schüttele hilflos den Kopf. „Ich weiß es nicht. Ich weiß nicht, was es ist, das dich … und ihn … so schwächt."

„Ich brauche ihn", sagt sie mit zitternder Stimme und weitere Tränen tropfen an ihren Wimpern herab.

Unsicher lege ich eine Hand auf ihr Knie. „Er wird bestimmt zurückkommen. Ich meine, wo soll er denn hin sein?" Das aufmunternde Lächeln gelingt mir wohl nicht wirklich, denn sie wendet sich wieder von mir ab und wischt sich mit dem Handrücken über die nassen Wangen.

Erst gegen Mittag öffnen sich die Stalltüren und ich höre lautes Gelächter. Es wundert mich, dass die Menschen hier so gut gelaunt sind, obwohl der Tod eines ihrer Freunde gerade einmal ein paar Stunden her ist. Aber vielleicht ist der Tod für sie nichts Besonderes mehr. Vielleicht gehört er zu ihrem Alltag dazu.

Diesmal sind es zwei Frauen, die nach uns sehen. Die Alte mit dem Narbengesicht und eine Jüngere, etwa um die vierzig Jahre alt, deren Lippen sich angewidert verziehen, als sie uns durch die Gitter erspäht.

„Ich weiß nicht, was sie an den beiden finden. Dreckige, stinkende Gören", ätzt sie, ohne den Blick von uns abzuwenden. Als wären wir nicht mehr wert als die Schweine, mit denen wir uns den Stall teilen.

Die Ältere schnaubt belustigt, öffnet eine Klappe in der Tür und schiebt eine blaue Plastikschüssel hindurch, die sie gleich neben uns entleert. Abfälle. Altes Gemüse und Fleischreste.

Mila und ich rücken ein Stück von der fauligen Pampe ab und machen den Schweinen Platz. Selbst die scheinen das Zeug nur widerwillig zu fressen.

„An eurer Stelle würde ich mich beeilen", gurrt die Alte. „Sonst fressen die Schweine euch alles weg."

Lachend wenden die Frauen sich wieder von uns ab und lassen uns alleine zurück.

„Was ist mit den Leuten hier passiert?", frage ich und schüttele fassungslos den Kopf. „Wie kann man bloß so werden?"

„So wird man nicht", antwortet Mila leise. „Manche Menschen tragen diese Finsternis tief in sich. Und das Dunkel wartet nur auf die richtige Gelegenheit."

Weitere Stunden vergehen und draußen beginnt es bereits wieder zu dämmern, als sich die Türen erneut öffnen. Diesmal hören wir nicht gleich, wer da kommt und zucken beide erschrocken zusammen, als der alte Peer und der vernarbte Jan uns durch die Gitter angrinsen.

„Kommt, Mädels", dröhnt uns Peers Stimme entgegen. „Ein bisschen frische Luft schnappen."

Unsicher kommen wir auf die Füße. Sie kribbeln vom langen Hocken und ich muss mich an den Gittern festhalten, um nicht auf den Exkrementen der Schweine auszurutschen. Peer verzieht das Gesicht, als er nach meinem Ellbogen greift.

„Nina hat recht. Sie stinken wirklich abartig. Wir sollten sie erst einmal gründlich waschen, wer weiß, was wir uns sonst für Krankheiten einfangen."

Ich fange Milas entsetzten Blick ein und versuche sie mit einem zaghaften Lächeln zu beruhigen, doch ihre Lippen zittern bereits vor Angst. Das muss die Mila sein, wie sie war, bevor das Virus ausbrach. Die Mila, die Paddy für ihre Naivität verflucht hat. Sie ist ängstlich wie ein scheues Reh und genau das scheint den beiden Männern gut zu gefallen.

Jan macht einen ruckartigen Schritt auf sie zu und sie zuckt erschrocken zusammen. Sofort brechen die Männer in lautes Gelächter aus.

„Herrlich, die Kleine", brummt Peer.

Sie schubsen und drängen uns aus dem Stall und über den großen Hof weiter durch den Zoo. Die Gehege sind nicht mehr wiederzuerkennen. Die meisten sind verwaist. Statt Flamingos tummeln sich Krähen hinter den Zäunen. Sie hocken auf Kadavern, picken hier und da etwas heraus und beäugen uns neugierig, als wir an ihnen vorbeigehen.

Vor dem ehemaligen Nilpferdhaus stoppen die Männer, öffnen uns die Tür und geben uns zu verstehen, einzutreten. Obwohl es nicht mehr so feuchtwarm ist, wie ich das Gebäude in Erinnerung habe, riecht es muffig.

„Nina!", ruft Peer, während wir dem gewundenen Pfad durch die Halle folgen. Die ehemals prächtigen, tropischen Pflanzen hängen nun als verdorrte, braune Stängel herab. In einzelnen Becken befinden sich noch Wasserreste. Ich mag nicht darüber nachdenken, was aus den Nilpferden und den Krokodilen geworden ist, denn von ihnen ist nirgends eine Spur zu sehen.

„Was ist?", antwortet die kratzige Stimme der Frau, die uns am Mittag zusammen mit der Alten begutachtet hat.

„Mach eine Wanne mit Wasser fertig." Er schubst uns um die Ecke und fast in die Arme der finster dreinblickenden Frau. „Und schrubbe die beiden ordentlich."

„Ach, habt ihr doch mal an ihnen geschnuppert?"

Ich bin fassungslos. Immer noch kann ich nicht glauben, dass das hier Menschen sind. Ich kneife die Augen zusammen und betrachte die Frau genauer. Wurde sie eventuell besetzt? Ist sie gefangen in ihrem eigenen Körper? Ihre öligen, braunen Haare hat sie sich zu einem strubbeligen Dutt zusammengeknotet. Jetzt, aus der Nähe betrachtet bin ich mir sicher, dass sie nicht viel älter sein kann, als meine Mutter. Aber ihre Haut ist trocken und faltig und unter ihren Augen liegen dunkle Schatten.

„Kommt schon", sagt sie und nickt in Richtung einer angrenzenden Tür. Sie macht nicht einmal Anstalten, uns festzuhalten. Sie dreht uns sogar den Rücken zu. Doch Peer und Jan warten mit verschränkten Armen vor der Tür und machen eine Flucht unmöglich.

Ergeben schlurfen wir hinter Nina her, die an der Tür auf uns wartet und sie hinter uns verschließt, sobald wir den kleinen Raum daneben betreten haben. Meine Augen gleiten sofort zu der alten Wanne, die an einer Wand steht. Sie ist mit Wasser gefüllt. Vermutlich kalt und nicht mehr frisch. Aber es wird seinen Zweck erfüllen.

„Zieht euch aus", weist sie uns barsch an und als wir zögern, hockt sie sich vor mich und reißt mir die Hose hinunter. Überrascht schnappe ich nach Luft, doch sie sieht nur zu Mila und nickt ihr zu. „Du auch."

Wir folgen ihren Anweisungen, ziehen uns nackt aus und lassen uns dann zusammen in das kalte Wasser gleiten. Nina wirft uns einen Schwamm und eine Bürste zu und während wir uns saubermachen, beobachtet sie uns von einem Hocker ein paar Meter entfernt.

Als wir bereits vor Kälte schlottern, lässt sie uns wieder aus der Wanne heraus und reicht uns graue Handtücher. Sie riechen genauso muffig wie alles andere hier, doch wir wickeln uns schnell darin ein und versuchen, die Wärme in unseren Körper zurückzuleiten.

„Hier ist frische Kleidung", meint sie und wirft uns Hosen und Pullis vor die Füße. „Obwohl ich ja glaube, dass das Verschwendung ist."

Ich starre die hasserfüllte Frau an. „Was ist bloß mit euch los?", frage ich nüchtern.

Zum ersten Mal schaut sie mir direkt in die Augen und ich erkenne ein kleines Fünkchen Menschlichkeit in ihren, bevor sie den Blick wieder abwendet und mit einer Hand wedelt. „Nun zieh dich schon an."

Nina öffnet uns die Tür und sofort werden wir von Peer und Jan mitgenommen. Auf dem Weg zurück schaue ich mich genauer um, versuche mir jede Weggabelung, jede Abzweigung einzuprägen. Und ich halte Ausschau nach weiteren Bewohnern. Bisher sind wir nur Peer, Jan, Nina und der Alten begegnet. Aber auf so einem großen Gelände wird es sicherlich noch mehr Menschen geben.

Die Sonne geht bereits unter und über den Zoo legt sich ein noch trüberes Licht, als es am Tag schon der Fall war.

Leider bringen die beiden uns nicht zurück in den Stall, sondern bugsieren uns in den ehemaligen Zoo-Shop, dessen Fenster mit vielen unterschiedlichen Gardinen zugezogen sind. Offensichtlich scheint dies so etwas wie ihr Wohnzimmer zu sein, auch wenn es unter dem umherliegenden Müll kaum zu erkennen ist. Aber immerhin steht hier ein großes Sofa und in einem Regal dahinter befinden sich ordentlich aufgereihte Glasflaschen. Alkohol. Sofort erinnere ich mich an die Zeit im Schloss zurück. Dort war

Alkohol strengstens untersagt und nun sehe ich auch den Grund dafür.

Peer schubst mich auf das Sofa, doch ich springe sofort wieder auf und beobachte, wie er um das Möbelstück herumgeht und sich eine der Flaschen nimmt, um in großen Zügen daraus zu trinken.

Dann grinst er mich boshaft an und hält mir die Flasche entgegen. „Auch einen Schluck?"

Ich verschränke die Arme vor der Brust und halte seinem Blick stand. Wenn ich ihm ausweichen würde, würde er das als Schwäche auffassen und ich werde keine Schwäche zeigen. Er schnaubt belustigt und sieht zu Jan hinüber, der Mila mit einem Arm von hinten umschlungen hält und ihr mit einem Finger über den Hals streicht. Sie hat die Augen geschlossen und ich sehe sie angstvoll schlucken.

„Wie Tag und Nacht die beiden", bemerkt Peer trotz seines ansteigenden Alkoholpegels. „Wen willst du? Die kratzbürstige Jasmin oder das scheue Reh?"

Jan grinst und küsst zur Antwort Milas Hals, die unter seiner Berührung zusammenzuckt.

„Lass sie in Ruhe!", fauche ich und mache einen Schritt auf die beiden zu, doch Peer stellt sich mir in den Weg und stößt mich zurück auf die Couch. Er zieht ein Messer aus seinem Gürtel und spielt mit den Fingern daran herum. „Wie wäre es, wenn wir den beiden zuerst zuschauen? Das gefällt mir immer besonders gut."

Als Jan einen Schritt um Mila herummacht und beginnt, die Tränen von ihren Wangen zu küssen, springe ich noch einmal auf. Doch Peer ist schnell und schon steht er hinter mir. Die Klinge seines Messers drückt scharf an meinen Hals.

Milas Schluchzen und Wimmern erfüllt den Raum, als Jan ihre Brüste anfasst. Er stöhnt an ihrem Hals und ich sehe ein Zittern durch ihren Körper laufen. Dann umfasst er ihr Kinn und zieht sie noch näher zu sich heran und seine Lippen pressen sich auf ihre.

Mila verstummt und Peer lacht leise hinter mir. „Das scheint ihr zu gefallen."

Dann öffnen sich ihre Augen und ich schnappe erschrocken nach Luft. Sie sind schwarz. Vollkommen schwarz. Und ihr Gesicht ist frei von jeder Gefühlsregung. Auch Peer keucht hinter mir auf, was Jan dazu veranlasst, von Mila abzulassen. Als er in ihre Augen sieht, weicht er erschrocken zurück. Sie steht stumm da, wie eine dunkle Göttin. Das Zittern hat aufgehört, die Tränen sind versiegt. Da ist nichts mehr. Nur noch eisige Kälte. Und dann öffnet sie den Mund:

„Du bist tot, Mensch." Ihre Stimme ist kaum wiederzuerkennen. Rau und grimmig. Und intuitiv weiß ich, dass es Dante ist, der durch sie spricht. Er hat die Kontrolle übernommen. Milas rechte Hand schießt vor und krallt sich um

Jans Hals, dann drückt sie mit unmenschlicher Kraft zu.

Ein leises Röcheln entringt sich seiner Kehle, seine Augen werden groß und größer, seine Haut leichenblass. Dann erschlafft er, sie lässt ihn los und er sackt leblos zu Boden.

„Was zur Hölle…", stammelt Peer und ich nutze sein starres Entsetzen, um mich aus seinem Griff zu winden. Die Klinge hinterlässt einen schmalen Schnitt an meiner Kehle, doch ich ignoriere den brennenden Schmerz und schlage Peer meine Faust ins Gesicht. Er taumelt zurück, stolpert über die Ecke der Couch und fällt hintenüber, wo er benommen liegenbleibt.

Ich schnappe mir sein Messer und sehe Mila an, deren Augen nun wieder klar sind. „Weg hier!"

Sie nickt und folgt mir aus dem Häuschen hinaus. Doch vor der Tür werden wir bereits erwartet. Und nun weiß ich, wie viele Bewohner das Zoogelände wirklich beherbergt. Wir sind umringt von Menschen und einer von ihnen schafft es, mir innerhalb kürzester Zeit das Messer zu entreißen. Dann schlägt er mich k.o.

KAPITEL 16

RAIK

Hustend und würgend übergebe ich mich auf den nassen Asphalt. Es ist neblig und kühl. Aber es ist Tag. Fast schon wieder Abend. Warum ist es Tag? Eben war noch tiefe Nacht. Was ist geschehen? Mein Blick fällt auf meine Hände, die sich in den rauen Straßenteer krallen. Sie sind besprenkelt mit Blut. Wessen Blut? Meins? Ich taste mein Gesicht und den Hals ab, kann aber keine Verletzung ausmachen. Ein paar Zentimeter neben meiner rechten Hand liegt mein Messer. Als hätte ich es gerade erst fallengelassen. Ebenfalls blutbeschmiert.

Warum kann ich mich nicht erinnern? Wo sind die anderen? Der Fluss. Paddy und Mila. Ich richte mich auf und wische mir die Spucke vom Mund. Ich habe sie gesucht. Letzte Nacht. Oder ist es schon länger her? Wo sind sie? Suchend schaue ich mich um, erkenne den Bahnhof, drehe mich um und starre mit offenem Mund auf den riesigen Dom, der vor mir aufragt. Der Kölner Dom. Schön und beeindruckend wie eh und je.

Ich taumele ein paar Schritte vor und fasse mir an den schmerzenden Kopf.

Wie bin ich hier her gekommen? Wie kann es sein, dass ich Stunden, wenn nicht gar Tage einfach verpasse? Und wen verdammt nochmal habe ich abgestochen? Aber als ich mich genauer umsehe, erkenne ich das Gemetzel um mich herum. Infizierte. Ich habe es mit Dutzenden von Infizierten aufgenommen. Bin ich wahnsinnig geworden? Die Leichen liegen verstreut auf dem Bahnhofsvorplatz. Ich torkele um sie herum oder in großen Schritten über sie. Ich kann kaum einen klaren Gedanken fassen, fühle mich wie betrunken. Ich muss die anderen finden, auch wenn es momentan wie die Suche nach der Nadel im Heuhaufen aussieht.

Hülya. Wo ist sie? Wo habe ich sie zuletzt gesehen? Auf der Brücke. Mit Chris. Er wird bei ihr sein. Er... Und dann holt die Erinnerung mich mit einem Schlag ein. Keuchend gehe ich in die Knie, starre wieder auf meine Hände. Was habe ich getan? Das Letzte, an das ich mich erinnere, ist das Messer in meiner Hand und sein geschockter Blick. Was habe ich getan? Was habe ich getan?

Ich habe ihn doch nicht ... Nein. Wieder schießt mir ein stechender Schmerz durch den Kopf. Ich darf ihn nicht getötet haben. Das würde Hülya mir niemals verzeihen. Aber wo ist er dann jetzt? Warum sollten wir uns getrennt haben?

Mühevoll stemme ich mich wieder hoch und schwanke weiter. Von weitem betrachtet wirke ich wohl selbst wie ein Infizierter. Ich muss Deckung suchen, kann nicht auf diesem offenen Platz herumspazieren. Also stolpere in die nächste Gasse und lehne mich dort schwer atmend gegen die Wand.

Denken. Ich muss klar denken. Wo soll ich jetzt hin? Wo soll ich anfangen zu suchen? Wo würden die anderen sich verstecken? Wo würde Hülya… Der Zoo. Sie hatte den Zoo erwähnt. Vielleicht ist sie wirklich… Aber wie weit ist es von hier bis zum Zoo? In welche Richtung muss ich gehen? Verzweiflung keimt in mir auf und ich atme tief durch, um sie wieder hinunter zu drängen. Da höre ich plötzlich eine Stimme.

„…nicht mehr lange … wie geplant … noch nicht…" Ich lehne mich ein Stück vor und starre in die dunkle Gasse, aus der die Gesprächsfetzen kommen. Als ich einen Schritt vormache, erzeugt mein Schuh auf dem nassen Kopfsteinpflaster ein schabendes Geräusch. Sofort verstummt die Stimme und es herrscht Stille. Ich halte die Luft an, um den Aufenthaltsort des Fremden auszumachen. Da tritt er plötzlich ins Licht.

„Kevin?", frage ich überrascht. Er sieht genauso erstaunt aus wie ich.

„Raik. Du lebst noch!" Ein freudiges Lächeln überzieht sein Gesicht und er kommt weiter auf mich zu. Ich beuge mich ein Stück zur Seite, um an ihm vorbeisehen zu können. „Mit wem hast du da gesprochen?"

Kevin runzelt die Stirn. „Was meinst du?"

„Ich hab dich sprechen hören. Sind die anderen bei dir?"

Er schüttelt den Kopf. „Ich weiß nicht, was du meinst. Ich bin alleine. Ich hab die anderen noch nicht wiedergefunden. Was ist mit dir?"

Ich zögere einen Moment und zweifele inzwischen ernsthaft an meinem Geisteszustand. Ich war mir ganz sicher, dass er mit jemandem gesprochen hat. Doch das macht keinen Sinn. Er kennt hier niemanden. Oder doch?

„Ich bin auch alleine", antworte ich und lehne mich erschöpft zurück an die Wand.

„Was meinst du, wo die anderen sind?" Er klingt hoffnungsvoll, so, als bestände nicht die geringste Möglichkeit, dass die anderen tot sind.

„Mila und Paddy habe ich zuletzt auf der Brücke gesehen. Wir sind runter gesprungen."

Kevin macht große Augen. „Von der Zoobrücke? Und das habt ihr überlebt?"

Ich nicke schwach. „Ich zumindest. Die anderen beiden habe ich danach nicht mehr wiedergefunden. Aber dafür habe ich Chris getroffen…" Ich stoppe mich und überlege, wie viel ich Kevin anvertrauen kann. Immerhin weiß ich, dass er von dieser Aliensache nicht viel hält und ich kenne ihn nicht gut genug, um seine Reaktion einschätzen zu können. Also sage ich: „Aber wir haben uns wieder aus den Augen verloren."

Kevin nickt. „Und Hülya?"

Ich zucke mit den Schultern. „Noch keine Spur. Aber ich wollte mich gerade auf den Weg in Richtung Zoo machen. Dort wollte sie sich doch ursprünglich verstecken."

Er nickt wieder. „Stimmt. Vielleicht haben sich die anderen auch daran erinnert und sind schon dort. Es ist wohl der einzige Anhaltspunkt."

„Also zum Zoo?"

Er grinst. „Da war ich ewig nicht mehr. Ob die wohl noch ein bisschen Zuckerwatte übrig haben?"

KAPITEL 17

HÜLYA

Bevor ich die Augen öffne, befühle ich mit den Fingern den Boden, auf dem ich liege. Er ist feucht und grobkörnig. Mein Mund ist voll mit diesem Sand. Hustend spucke ich ihn aus, öffne blinzelnd die Augen und richte mich auf.

„Beweg' dich nicht zu schnell", höre ich Milas Stimme neben mir. Sie hockt neben mir an einem hellen Felsen und deutet mir mit dem Zeigefinger an den Lippen an, leise zu sein.

Vorsichtig robbe ich zu ihr hinüber und schaue mich dann genauer um. Von irgendwoher höre ich Gelächter und ein hohes Pfeifen.

Wir befinden uns in einem der Gehege. Ein sandiger Platz, gespickt mit ein paar Felsen und dicken Baumstämmen. Umgeben ist der Platz von einem tiefen Graben, der wohl mal Wasser geführt hat. Und etwas oberhalb des Zaunes, der uns gefangen hält, stehen Menschen. Viele Menschen. Sie rufen unflätige Dinge, buhen und jubeln.

„Wir sind im Elefantengehege", erklärt mir Mila leise und nickt am Felsen vorbei. Ich lehne mich über ihren Schoß und schaue um die Ecke. Wenige Meter von uns entfernt steht einer der Dickhäuter. Erst nach genauerem Hinsehen bemerke ich, dass es eine Elefantenkuh ist. Vor ihr im Sand liegt ihr Baby. Tot. Wahrscheinlich schon seit Wochen oder Monaten. Die Elefantendame tritt unruhig von einem Bein auf das andere. Ihre Ohren schlackern immer wieder und mit dem Rüssel betastet sie den Kadaver.

„Wenn sie uns sieht, sind wir tot", flüstert Mila. „Sie wirkt wütend. Sie wird ihr Junges verteidigen wollen."

Ich lehne mich zurück an den Felsen und beiße mir auf die Unterlippe, während ich noch einmal die Umgebung betrachte. „Wie kommen wir hier raus?"

Mila schüttelt den Kopf. „Ich sehe keine Möglichkeit. Der einzige Fluchtweg führt an ihr vorbei."

„Was soll das hier werden?", murmele ich. „Eine Arena? Wollen sie sehen, wie wir zertrampelt werden?"

„Vermutlich."

Stöhnend lasse ich den Kopf gegen den Felsen sinken. „Also, was jetzt? Bleiben wir hier sitzen, bis etwas passiert?"

Mila schweigt. Schließlich sagt sie leise: „Dante ist wieder da."

Ich nicke. „Ich weiß. Ich hab ihn gesehen. Also, gehört. Also, nein. Eher gespürt. Du weißt schon."

Sie lächelt und ich merke, dass sie bereits wieder viel selbstsicherer ist. „Ja, ich weiß."

„Bringt uns das etwas? Kann er uns hier raus holen?"

„Dass er wieder da ist, bedeutet auch, dass ich wieder Kontrolle über die Infizierten habe. Was uns hier allerdings nicht sonderlich weiterhilft, weil der Elefant wahrscheinlich eher nicht infiziert ist."

„Nein, nur stinksauer."

„Hey!", hören wir eine Stimme aus den Zuschauerreihen brüllen. „Bewegt euch gefälligst!" Ein Schuss ertönt und die Kugel prallt knapp oberhalb meines Kopfes vom Felsen ab. Dann spüren wir die donnernden Schritte des Dickhäuters, der laut trompetend auf den Graben zu rennt und versucht, die Menschen zu vertreiben. Mila und ich bewegen uns so um den Felsen herum, dass wir immer knapp außerhalb des Blickfelds der Elefantenkuh bleiben und uns auch vor den Zuschauern verstecken können. Sofort beginnen sie uns auszubuhen. Flaschen klirren gegen den Felsen. Ihre Scherben springen uns um die Ohren.

„Was meinst du, was passiert, wenn wir sie zu sehr langweilen?", frage ich Mila und sie zuckt mit den Schultern.

„Ewig werden sie sich das Schauspiel hier wohl nicht ansehen."

Und als hätten sie unser Gespräch belauscht, ertönt eine Stimme aus den Zuschauerrängen. „Macht euch bereit, ihr zwei! Jetzt wird es spannend."

Mila und ich spannen die Muskeln an, als sich das Tor hinter der Elefantenkuh öffnet. Der Dickhäuter selbst passt zwar nicht durch das Gitter dahinter, doch die dicken Metallstangen stehen so weit auseinander, dass ein Mensch locker hindurchgehen kann. Kaum ist das Tor ganz oben, drängen sich die ersten Gestalten zu uns auf den sandigen Platz. Und schnell erkennen wir, dass es sich dabei nicht um lebende Personen handelt. Sie hinken und schwanken, stöhnen und ächzen.

Mila gibt ein leises Geräusch von sich und als ich zu ihr hinüber schaue, erscheint ein schmalllippiges Lächeln in ihrem Gesicht. „Idioten."

Sie wendet sich mir zu und ihre Augen glänzen vor Aufregung. „Egal, was jetzt passiert, vertrau mir, okay?"

Ich nicke schnell, während ich die Infizierten aus dem Augenwinkel beobachte. Sie haben uns bereits entdeckt und steuern auf uns zu. Doch hier sind sie nicht nur Angreifer, sondern auch Opfer. Denn die Elefantenkuh hat sie bereits ins

Visier genommen. Mit flatternden Ohren und hochgerecktem Rüssel droht sie den hirnlosen Wesen.

„Gib auf keinen Fall zu erkennen, dass sie keine Gefahr für uns darstellen", erklärt Mila. Auch sie schaut hinüber zu den Untoten. Wie auf ein Kommando torkeln zwei von ihnen direkt auf den Elefanten zu, der nun wütend mit den Beinen stampft.

„Ich werde den Elefanten ablenken, währenddessen arbeiten wir uns vor in Richtung Tor. Sie werden den Innenraum verschlossen haben, aber dort gibt es weniger Zeugen. Sie können nicht sehen, was dort passiert. Wirf dich drinnen auf den Boden und stell dich tot. Alles Weitere erledige ich. Verstanden?"

Ich nicke und das Herz schlägt mir bis zum Hals. Endlich. Endlich ist die Mila da, zu der ich Vertrauen habe und auf die ich mich verlassen kann. Sie lächelt kurz, dann nickt sie ebenfalls. „Auf los geht's los. Los!" Gleichzeitig stoßen wir uns vom Felsen ab und hasten über den sandigen Platz.

Die Menge johlt und grölt. Darauf haben sie die ganze Zeit gewartet. Ich zögere einen kurzen Moment, als die Infizierten weiter direkt auf mich zusteuern. Sie strecken die Arme nach mir aus und greifen nach meiner Jacke. Dann fällt mein Blick auf Mila, die schon einige Meter weiter ist. Sie schaut zu mir zurück und gibt mir zu verstehen, ihr weiter zu folgen. Also ducke ich mich unter den Untoten hinweg und renne weiter. Normalerweise würde es mir nicht so leicht fallen, gleich von ihnen zu entkommen, wenn sie mich schon eingekreist haben. Aber das gibt mir den nötigen Beweis für Milas Kontrolle. Die Zuschauer seufzen enttäuscht auf. Doch nun folgen mir die Infizierten. Kurz schaue ich zur Elefantenkuh hinüber, die einen von ihnen auf die Hörner nimmt und durch die Luft schleudert. Als er auf dem Boden landet, stürmt sie auf ihn zu und trampelt ihn einfach nieder.

Ich wende meinen Blick ab und erreiche das Tor. Es ist kein Problem, mich durch die Stäbe zu zwängen, dann bin ich im Inneren des Elefantenhauses. Mein Blick huscht nach oben, wo sich weitere Zuschauertribünen befinden, doch dort steht zum Glück niemand. Ich vermute, dass die Menschen gerade hier her drängen, um das Spektakel weiter verfolgen zu können. Wir müssen uns also beeilen.

Mila und ich sehen uns weiter um, bis wir sicher sind, dass uns hier gerade niemand beobachtet, dann lassen wir uns flach auf den Boden fallen. Ich zucke erschrocken zusammen, als auch einer der Infizierten neben mir auf die Knie geht und schließlich flach liegen bleibt. Ein paar weitere tun es ihm gleich. Nur wenige schlurfen noch um uns herum. Mein Atem geht schnell und hektisch und als ich die ersten Schritte und Stimmen vernehme, halte ich so gut es geht die Luft an. Mein Gesicht ist Mila zugewandt, die ein paar Meter von mir entfernt liegt. Sie zwinkert mir noch einmal zu, dann schließt sie die Augen. Ich tue es ihr gleich. Nun muss ich mich auf mein Gehör verlassen. Aufgeregtes Murmeln dringt von oben zu uns herab. Ein paar Stimmen werden laut. Einige sind enttäuscht, weil sie das Spannendste offensichtlich verpasst haben.

Ein Quietschen ertönt. Das Öffnen eines Tores. Dann fallen ein paar Schüsse und ich höre dumpfe Aufschläge.

„Wir hätten das Tor zum Haus wieder schließen sollen", murrt eine männliche Stimme. „Das war jetzt irgendwie Verschwendung."

Noch ein Schuss ertönt. Diesmal ist kein Aufprall zu hören und mir wird siedend heiß bewusst, dass sie die Infizierten erschießen, die auf dem Boden liegen. Natürlich. Sie gehen auf Nummer sicher, falls diese keine Kopfverletzungen erlitten haben. Und in wenigen Sekunden werden sie auch uns erreicht haben.

Das Schlagen meines Herzens wird immer wilder und lauter. Eine heiße Panik befällt mich und ich muss mich zwingen, weiter ruhig liegen zu bleiben.

Noch ein Schuss. Ein weiterer Infizierter weniger. Oder Mila? Wo lag Mila nochmal?

Doch da auch alle anderen Untoten liegen bleiben, muss sie noch die Gewalt über sie haben. Ich versuche, mich zu beruhigen. Versuche, meinen Atem unter Kontrolle zu bringen. Hören sie das? Hören sie, wie ich atme?

Dann plötzlich ein Keuchen und ein kurzer Schrei. Etwas fällt klappernd zu Boden. Die Waffe? Das Knurren und Stöhnen eines Infizierten, dann schmatzende Laute und schnelle Schritte. Ein Raunen von der Zuschauertribüne.

„Scheiße!", flucht einer der Männer. Ich wage es, die Augen zu öffnen und den Kopf zu drehen. Einer von ihnen liegt nur zwei Meter von mir entfernt und ein Untoter nagt genussvoll an seiner Kehle. Die Pistole liegt griffbereit neben mir. Ich schnappe sie mir, wechsele einen kurzen absichernden Blick mit Mila, dann ziele ich auf den Flüchtenden. Mein Schuss verfehlt sein Ziel nicht. Er geht sofort in die Knie und bleibt leblos liegen. Schreie wallen auf und die Menschen, die uns von oben beobachten, stürmen los. Einige ziehen ebenfalls Waffen. Die Infizierten um uns herum stehen wieder auf und wanken auf die noch immer geöffnete Tür zu. Mila und ich bleiben zwischen ihnen, so nah, dass ich die Untoten immer wieder berühre. Doch momentan sind sie mir lieber, als die grausamen Menschen, die diesem Spektakel beigewohnt haben. Wie viele sind es? Vierzig? Fünfzig?

Und wir haben ihnen lediglich eine Handvoll Infizierte und eine Pistole entgegenzusetzen. Doch in ihrer Panik scheinen die Menschen das nicht zu bemerken. So können Mila und ich aus dem Elefantenhaus entkommen und schließlich sogar ins Freie treten. Wir ducken uns hinter Mülleimer und kleine Mauern, schleichen durch Büsche und nehmen schmale Trampelpfade. Verwitterte Holzschilder weisen uns den Weg Richtung Ausgang. Mila opfert einen Infizierten nach dem anderen, um unsere Verfolger abzuschütteln. Wir drehen uns nicht um, halten den Blick immer nach vorne gerichtet. Der breite Eingang zum Zoo wurde zwar zugenagelt, aber eine Tür haben sie gelassen. Und genau vor diese stoßen wir nun. Sie ist abgeschlossen. Natürlich.

„Sucht ihr etwas?", erklingt eine kratzige Stimme hinter uns. Wir fahren gleichzeitig herum und entdecken die narbengesichtige Alte, deren Namen ich noch nicht herausgefunden habe. Sie hebt eine Hand. An ihren Fingern baumelt eine Kette und an deren Ende der Schlüssel. Meine Hand schließt sich fester um den Griff der Pistole. „Gib ihn uns."

Sie schnalzt mit der Zunge. „Nicht mal Zeit für das Zauberwort?"

Ich hebe die Waffe an und ziele auf ihre Brust. Das sollte Zauber genug wirken. Ein kleines Lächeln erscheint auf ihren aufgesprungenen Lippen. „Ihr zwei gefallt mir. Vielleicht habt ihr sogar Chancen dort draußen zu überleben."

Ungerührt wackelt sie an mir vorbei und steckt den Schlüssel ins Schloss. Dann öffnet sie die Tür und nickt hinaus. „Nun macht schon, bevor ich es mir anders überlege."

Ungläubig starre ich sie an und lasse die Pistole langsam sinken. „Danke", murmele ich, dann folge ich Mila durch die offene Tür nach draußen. Mila rennt los und ist schon bald in der sicheren Dunkelheit abgetaucht.

Wir sind dem Ziel so nah, als mir plötzlich Peer in den Weg tritt. Sein linkes Auge ziert ein hübsches Veilchen.

„Hallo Schönheit", grollt er mich an, dann schlägt er mir so plötzlich die Pistole aus der Hand, dass ich keine Chance habe, zu reagieren. Mit einem Ruck hat er meinen Hals gepackt und drückt zu. Mehr als ein leises Röcheln entkommt meiner Kehle nicht mehr.

Ich kann nicht einmal um Hilfe rufen, kann nur hoffen, dass Mila sich noch einmal herumdreht. Peers dreckiges Grinsen soll nicht das Letzte gewesen sein, das ich sehe, bevor ich sterbe.

„Hey Arschloch!", ertönt eine knurrende Stimme hinter Peer. Bevor meine Augen sich auf deren Ursprung fokussieren können, packen zwei Hände um Peers Gesicht und rucken kräftig daran. Ein widerliches Knacken ertönt und Peer und ich gehen gleichzeitig in die Knie.

KAPITEL 18

RAIK

Ich will nicht darüber nachdenken, was der Kerl mit ihr vorhatte. Zum Nachdenken bleibt auch keine Zeit, denn hinter den Mauern des Zoos scheint ein Tumult loszubrechen und ich sehe die ersten Schemen hinter der offenen Tür.

Schnell packe ich die hustende und würgende Hülya unter den Achseln und ziehe sie hoch. „Kannst du laufen?"

Sie nickt, doch ich lasse sie trotzdem nicht los, als sie hinter mir her über die Straße stolpert. Schüsse erklingen und Kugeln zischen knapp an uns vorbei und schlagen in die Bäume links und rechts von uns ein. Wir rennen weiter, selbst, als uns die ersten Infizierten entgegenkommen. Und wie durch ein Wunder taumeln sie nicht auf uns zu, sondern an uns vorbei. Oder vielleicht auch kein Wunder…

„Mila?", frage ich nur knapp über die Schulter gewandt und Hülyas Nicken ist mir Antwort genug. Eine unglaubliche Erleichterung macht sich in mir breit. Mila ist wieder da. Das bedeutet nicht nur, dass die Untoten vorerst keine Gefahr für uns darstellen, sondern auch, dass Marek sicher eingesperrt bleibt.

Wir treffen Mila und Kevin wenige Meter weiter hinter ein paar Bäumen, die uns in der Dunkelheit der Nacht ein sicheres Versteck bieten.

„Alles klar?", fragt Kevin und ich nicke und versuche gleichzeitig, die Infizierten, die sich in unserer unmittelbaren Nähe befinden, zu ignorieren. Ich muss mich erst wieder daran gewöhnen, dass sie uns nun Schutz bieten.

Hülya versucht ein Husten zu unterdrücken, in dem sie sich ein wenig von uns abwendet und die Hand vor den Mund drückt. Es mag am Mondlicht liegen, aber sie sieht unglaublich blass und krank aus.

Und auch Milas kühle Fassade kann nicht die Erschöpfung verbergen, die ihr Körper ausstrahlt.

„Was ist da drin passiert?", frage ich leise und nicke in Richtung Zoo. Doch Mila schweigt und auch Hülya schüttelt nur knapp den Kopf.

„Nicht jetzt", flüstert sie, „ich will einfach nur hier weg." Dann richtet sie sich auf und sieht sich um. „Wo ist Chris?"

„Und Paddy?", fragt Mila.

Ich schlucke und überlasse Kevin das Antworten.

„Wir haben sie noch nicht gefunden. Wir hatten gehofft, sie wären ebenfalls hier."

Sorge tritt in Hülyas Gesicht. „Vielleicht ist Chris am Rheinufer. Er hatte mich dort auf ein Schiff gebracht. Da habe ich ihn zuletzt gesehen."

Ich atme tief ein und überlege gut an meinen nächsten Worten. „Ich habe ihn danach noch einmal getroffen. Ebenfalls am Ufer. Er hatte schon auf dem Schiff nach dir gesucht."

Hoffnungsvoll sieht sie mich an. „Und dann? Warum habt ihr euch getrennt? Was hat er gesagt?"

Lüge oder Wahrheit? Was soll ich ihr sagen? Sie wird wahnsinnig vor Sorge werden, wenn ich ihr sage, dass ich erneut die Kontrolle verloren habe. Mein Blick huscht kurz zu Mila hinüber, die die Augenbrauen zusammenzieht, während sie mich konzentriert betrachtet. Mila weiß es. Oder ahnt es zumindest. Ich bemerke ihr angedeutetes Kopfschütteln und fälle eine Entscheidung.

„Wir haben beschlossen, uns zu trennen. Er wollte weiter am Ufer nach dir suchen. Ich war für den Zoo."

Ich bemerke Kevins Reaktion aus dem Augenwinkel. Eine steile Falte erscheint auf seiner Stirn. Ihm habe ich eine etwas andere Version erzählt.

„Dann suchen wir ihn dort", schlägt Hülya vor und mir wird sofort heiß bei dem Gedanken daran, was wir dort finden könnten. Sie wendet sich an Mila und drückt ihre Hand. „Vielleicht ist Paddy auch dort."

Mila nickt, doch ich sehe wenig Hoffnung in ihrem Blick.

Der Weg zurück zum Ufer ist der reinste Spaziergang, dadurch, dass wir uns keine Sorgen mehr um die Infizierten machen müssen. Und trotzdem fühle ich mich, als würde ich zu meiner eigenen Hinrichtung geführt. Ich weiß nicht, was uns dort unten am Wasser erwartet und hoffe sogar, dass wir weder eine Leiche, noch einen lebenden Chris vorfinden werden. Denn er ist der einzige Zeuge meines ... Zusammenbruchs... Er wird Hülya alles erzählen. Vielleicht wäre es besser, wenn er tot ... Sofort schüttele ich den Gedanken ab und balle meine Hände zu Fäusten. Wer ist jetzt hier der Feigling?

Hülya scheint meinen Gesichtsausdruck falsch zu interpretieren, denn sie nimmt meine Hand, öffnet sanft die starre Faust und verschränkt ihre Finger mit meinen.

„Danke", flüstert sie und lächelt mich von der Seite an. „Dafür, dass du mir mal wieder das Leben gerettet hast."

Ich sehe sie an und sie lacht leise und schüttelt den Kopf. „Ich war wohl doch mal wieder eine Jungfrau in Nöten, nicht wahr?"

Ich versuche, ihr Lächeln zu erwidern, befürchte aber, dass es mehr einer steifen Grimasse ähnelt. „Ich würde dich immer wieder retten. Immer und überall."

Wieder lacht sie. „Gut, dass Paddy das nicht gehört hat."

„Die Würgegeräusche kann ich auch für ihn übernehmen", hören wir Kevins Stimme von vorne und diesmal müssen wir beide lachen. Doch dieses angenehm lockere Gefühl bleibt nicht lange und je näher wir dem Fluss kommen, desto nervöser werde ich. Ich entziehe Hülya meine schweißnasse Hand und wische sie an meiner Jeans ab. „Da unten habe ich ihn zuletzt gesehen."

Sofort beschleunigt sie ihren Schritt und lässt sich den Hang zum Ufer hinuntergleiten. Ich zögere, ihr zu folgen, beobachte stattdessen, wie sie über die glitschigen Steine stolpert und sich in alle Richtungen umsieht.

„Kann ich rufen?", fragt sie an Mila gewandt, die ihr etwas bedächtiger folgt.

Mila nickt. „Ich habe sie unter Kontrolle."

„Chris!", ruft Hülya in die Dunkelheit und wir alle lauschen angespannt. Doch alles, was wir hören, ist das Plätschern des Wassers und die stöhnenden Laute der Infizierten, die uns in angemessenem Abstand folgen.

„Chris! Wir sind hier!", ruft sie noch einmal, die Hände wie ein Trichter vor dem Mund geformt.

„Wir sollten uns aufteilen", meint sie und deutet den Fluss entlang. „Zwei da lang und zwei von uns in die andere Richtung."

„Ich gehe mit Mila", bietet Kevin sofort an und schon laufen die beiden los.

Hülya und ich folgen dem Flusslauf. Im Dunkeln der Nacht macht uns jeder größere Felsen, jeder unregelmäßige Busch nervös. Und ich weiß immer noch nicht, was mir mehr Sorgen macht. Dass wir Chris lebend oder tot finden könnten.

Nach einigen erfolglosen Minuten halte ich Hülya am Arm fest. „Wir sollten uns nicht zu weit von Mila entfernen." Sie folgt meinem Blick hinter uns und nickt. „Aber ich werde nicht ohne ihn weitergehen", sagt sie mit fester Stimme und ich glaube ihr sofort.

Erinnerungen an das Gespräch mit Chris kommen hoch. Die Erklärung für sein Verhalten mir und ihr gegenüber. Die Offenlegung seiner Gefühle für sie. Ich könnte es ihr sagen, könnte ihr sagen, was er für sie empfindet. Aber vielleicht würde das alles noch schlimmer machen. Und vielleicht weiß sie es auch schon. Vielleicht empfindet sie genauso.

Ich lasse ihren Arm wieder los und nicke. „Ich denke, ein paar Meter können wir noch weitergehen."

Da knackt auf einmal das Unterholz links von uns und eine dunkle Silhouette stürzt daraus hervor. Überrumpelt stolpern wir zurück und ich halte Hülya fest, bevor sie ins Wasser fallen kann. Gleichzeitig zücke ich mein Messer und halte es in Richtung des Schattens, der sich auf uns zubewegt.

„Scheiße", höre ich ihn fluchen. „Ich glaub, ich bin in Hundekacke getreten."

Hülya reagiert zuerst. Sie atmet laut aus und stößt dann ein ungläubiges Lachen aus. „Paddy?"

„Ja, verdammt", antwortet er und hinkt auf uns zu. „Ich weiß, ihr hattet auf jemand anderen gehofft. Seht mich als Trostpreis an."

Zu meiner Überraschung läuft sie auf ihn zu und zieht ihn in eine feste Umarmung. „Ich bin so froh, dich zu sehen."

„Oh ja", antwortet er sarkastisch, „das war kaum zu überhören. Du hast ja ständig meinen Namen gerufen. Ach, nein. Ich heiße ja gar nicht Chris." Trotzdem lässt er sich ihre Umarmung gefallen und trotz der Dunkelheit sehe ich ein kleines Lächeln über sein Gesicht huschen, bevor sie sich wieder von ihm löst.

Sie sieht an ihm vorbei zu den dunklen Büschen hinüber. „Hast du ihn irgendwo gesehen?"

„Nein. Ehrlich gesagt, bin ich aber auch bisher nicht weit von der Stelle gekommen. Saß die ganze Zeit auf einem Baum, umlagert von Infizierten. Erst vor ein paar Minuten haben sie mich in Ruhe gelassen und sind abgezogen. Ich gehe deshalb davon aus, dass es Mila gut geht?"

Er stellt die Frage so beiläufig, dass es so klingt, als würde es ihn gar nicht wirklich interessieren. Doch ich sehe die Erleichterung in seinen Augen, als Hülya und ich nicken.

„Sie ist da hinten. Ein paar Meter den Fluss runter", sage ich und deute in die ungefähre Richtung. „Bis auf Chris sind wir jetzt wieder vollständig."

Paddy nickt und zuckt kurz zusammen, als er sein linkes Bein belastet. Durch das aufgerissene Hosenbein sickert ein wenig Blut. „Was haltet ihr davon, wenn wir uns erst einmal irgendwo ausruhen und im Morgengrauen weiter nach ihm suchen?"

Ich sehe, dass Hülya ihm zunächst widersprechen will, stupse sie sachte in die Seite und deute auf sein verletztes Bein. Widerwillig nickt sie. „Ja, das wäre wohl klüger."

KAPITEL 19

HÜLYA

Alles in mir sträubt sich, das Rheinufer zu verlassen und nach einer Übernachtungsmöglichkeit Ausschau zu halten, aber Paddys Bein sieht wirklich übel aus und ich kann ihm nicht noch mehr Strecke zumuten. Schon die paar Minuten, die wir brauchen, um Mila und Kevin wiederzufinden, sind für ihn eine Strapaze. Und um ehrlich zu sein, geht es mir auch nicht besonders gut. Immer wieder muss ich husten, kann den Reiz in meinem Hals nicht mehr unterdrücken. Als wir das Ufer hinter uns gelassen haben, merke ich, dass mir feine Schweißperlen den Rücken hinunterlaufen.

Zum Glück haben wir es diesmal nicht eilig, sondern können in gemäßigtem Tempo ein passendes Gebäude ansteuern. Wir entscheiden uns für ein schmales Reihenhaus, dessen Tür Raik öffnet, indem er eine der darin eingelassenen kleinen Sprossenscheiben zerschlägt und von innen den Türgriff herunterdrückt.

Im Haus riecht es muffig. Nach abgestandener Luft und lange überfälligem Biomüll. Sofort reißen wir alle Fenster auf und schließen die Tür zur Küche, in der wahrscheinlich sowieso nichts Essbares mehr zu finden ist. Anschließend durchforsten wir alle Räume nach eventuellen Bewohnern. Erst dann suchen wir alle verfügbaren Decken und Kissen zusammen und bereiten uns im Wohnzimmer ein Lager.

Seufzend lässt Paddy sich auf die Couch sinken und legt das verletzte Bein hoch. Mila kniet sich neben ihn und zupft an den Stofffetzen an seinem Schienbein. „Zieh die Hose aus", befiehlt sie ihm trocken. „Wir müssen die Wunde reinigen." Dann dreht sie sich zu uns anderen um. „Seht im Keller nach. Ich glaube, ich habe dort ein paar Flaschen im Regal stehen sehen. Vielleicht ist da etwas Brauchbares dabei."

Als ich vom Boden aufstehen will, drückt Raik mich an den Schultern zurück in die Kissen. „Bleib sitzen. Du siehst nicht gut aus. Versuch ein wenig zu schlafen."

Ich will protestieren, doch heraus kommt nur ein kratziges Husten. Ein strenger Blick von ihm genügt und ich füge mich. Um ehrlich zu sein, ist es mir auch lieber, mich unter die Decke zu kuscheln, als in den Keller zu gehen. So muffig die alten Daunen auch sein mögen.

Also lasse ich mich zurücksinken und beobachte, Mila, die Paddy aus seiner zerrissenen Tarnfleckenhose hilft. Zwischen seinen Schmerzenslauten bringt er es auch immer wieder fertig, um seine hässliche Hose zu jammern. „Das war meine Lieblingshose. So eine bekomme ich nie wieder. Genau wie meine Brille. Warum muss eigentlich immer ich mich von meinen Lieblingssachen trennen? Du findest das lustig, oder?" Wütend funkelt er Mila an, die sich tatsächlich ein Lächeln verkneifen muss. „Wag es bloß nicht zu lachen. Im Gegensatz zu dir hatte ich wenigstens schon immer einen gewissen Stil. So etwas hat nicht jeder. Ich gehe nicht mit der Masse."

Sie schüttelt leicht amüsiert den Kopf, während sie ihm die Hose von den Füßen zieht. „Nein, das tust du wirklich nicht."

Ich muss ein paar Mal blinzeln, um mich wachzuhalten. Das Geplänkel der beiden macht mich unglaublich müde. Leise bluffend drehe ich mich auf die Seite und lege den Kopf auf meine gefalteten Hände. Wann habe ich zuletzt so bequem gelegen?

Immer wieder verschwimmt das Bild vor meinen Augen. Mein Blinzeln wird langsamer, träger, bis ich schließlich entscheide, dass es nicht schlimm ist, wenn ich die Augen mal für eine Weile schließe.

„Sie glüht förmlich. Sie muss sich irgendwas eingefangen haben." Es dauert eine Weile, bis ich begreife, dass es Raik ist, der da spricht. Und noch länger, bis ich seine kühle Hand an meiner Wange spüre.

„Wir…" Ich höre das Zögern in Milas Stimme. „Die letzten Nächte waren nicht einfach. Es wäre kein Wunder, wenn sie sich verkühlt hat."

„Und was jetzt?", fragt Kevin.

Raiks Hand entfernt sich wieder und am liebsten hätte ich sie festgehalten, um weiter diese angenehme Kühle zu verspüren. Es stimmt. Mir ist unglaublich heiß.

„Wir haben einen Invaliden und eine Fiebernde", fasst Raik zusammen. „So können wir auf keinen Fall weiter."

Alleine die Augen zu öffnen, kostet mich unheimlich viel Kraft und bei dem Versuch, etwas zu sagen, gelingt mir lediglich ein schwaches Husten.

Wieder fährt Raiks Hand über meine Stirn und meine Wange. „Sht. Bleib liegen. Ruh dich aus."

Ich muss all meine Konzentration zusammenbringen, um den Kopf zu schütteln. „Chris", krächze ich.

Raik schaut auf und wechselt einen langen Blick mit jemandem, der nicht in meinem Sichtfeld ist. Mila? Dann sieht er mich wieder an und lächelt. „Mila und ich gehen gleich los, um ihn zu suchen. Du bleibst bei Paddy. Kevin passt auf euch auf, okay?"

Ich nicke, zu schwach für eine Antwort. Noch bevor die beiden das Haus verlassen haben, schlafe ich wieder ein.

Es ist mir unmöglich zu sagen, wie viel Zeit vergangen ist, seit ich das letzte Mal wach war. Und auch jetzt wache ich nur auf, weil mich jemand an der Schulter rüttelt.

„Hülya", höre ich Kevins Stimme. „Du musst etwas trinken."

Trinken. Das wäre schön. Mein Hals ist ganz ausgetrocknet. Ich blinzele in das flackernde Licht neben mir. Eine Kerze. Also ist es Nacht?

Mit Kevins Hilfe richte ich mich auf und schlucke das scharfe Zeug, das er mir an die Lippen hält. Schon beim ersten Schluck spucke ich es fast prustend wieder aus und er verzieht entschuldigend das Gesicht. „Etwas anderes haben wir nicht. Aber ein bisschen Wodka tut doch immer gut, oder?"

Seit Jahren habe ich keinen Alkohol mehr getrunken und auch vor der Apokalypse war es lediglich ein kleiner Schluck Sekt, den ich an Silvester heimlich aus dem Glas einer Nachbarin stibitzt hatte. Der Wodka brennt sich seinen Weg förmlich meine Kehle hinunter.

Vorsichtig nehme ich noch einen Schluck, bevor Kevin mich wieder zurück in die Kissen gleiten lässt. Dann sehe ich hinüber zu Paddy, der offensichtlich schläft. „Wie…" Ich muss mich räuspern, weil meine Stimme so schwach ist, dass Kevin mich unmöglich verstehen kann. „Wie geht es ihm?"

„Wesentlich besser als dir. Unkraut vergeht nicht." Kevin zwinkert mir zu, nimmt ebenfalls einen Schluck aus der Glasflasche und schraubt sie wieder zu.

Ich würde ihn gerne vor der Ansteckungsgefahr warnen, kann mich aber nicht dazu aufraffen. Ich bin einfach zu müde. Außerdem wird er sich des Risikos sicherlich bewusst sein.

Wenn ich bloß wüsste, wie lange ich schon geschlafen habe. Und wie lange Raik und Mila schon weg sind. Oder sind sie wieder da? Haben sie ihn schon gefunden?

Mein Blick streift suchend durch den Raum und Kevin scheint zu verstehen, was in mir vorgeht. „Sie sind noch nicht zurück. Scheinen die Suche wirklich ernst zu nehmen."

„…lange?" Das *wie* kommt nur stumm über meine Lippen, aber wieder scheint Kevin zu verstehen.

„Schwer einzuschätzen. Die Sonne stand noch hoch am Himmel, als sie sich auf den Weg gemacht haben. Jetzt ist sie untergegangen. Also, ein paar Stunden sind es auf jeden Fall." Er sieht meinen bestürzten Gesichtsausdruck und lächelt aufmunternd. „Na ja, dass sie ihn nicht auf Anhieb finden, war ja eigentlich klar. Ich denke, sie kommen bald zurück. Und selbst, wenn sie ihn heute noch nicht finden. In den nächsten zwei Tagen kommen wir wohl sowieso nicht hier weg. Bleibt also noch genug Zeit für Suchaktionen."

„Wegen mir", flüstere ich mit rauer Stimme und er nickt ehrlich. „Und wegen ihm", fügt er hinzu und nickt in Paddys Richtung. „Aber mach dir nichts draus. Ich bin auch ganz dankbar für eine Pause. Noch besser wäre es, wenn wir außer dem Alkohol noch ein paar andere Vorräte im Keller gefunden hätten. Apropos: Hast du Hunger?"

Er streckt sich und fischt eine Dose vom Wohnzimmertisch, die er mir entgegenhält. Ich kneife die Augen zusammen, um das Logo auf der Dose zu erkennen.

„Katzenfutter?", hake ich nach und halte mir die Hand vor den Mund, als ein erneuter Hustenreiz mich durchschüttelt.

Er nickt. „Ist gar nicht so übel, wie gedacht. Wir haben ein paar Dosen davon in der Vorratskammer gefunden. Riecht genauso wie Paddys abgelaufener Thunfisch."

Selbst, wenn ich Hunger gehabt hätte, wäre das eine Überwindung gewesen. Doch ich verspüre nicht den geringsten Drang, überhaupt irgendetwas zu mir zu nehmen. Also schüttele ich nur den Kopf und ziehe die Decke enger an meinen Körper, als mich ein Schüttelfrost überkommt.

„Dann trink nochmal einen Schluck", rät Kevin mir, stellt die Dose zurück und öffnet stattdessen die Glasflasche. „Das verjagt den Frost ganz schnell."

Wieder erwache ich, ohne zu wissen, wie spät oder früh es ist und wie lange ich geschlafen habe. Mein Hals ist trocken und wund, mein Schädel brummt und alle Glieder schmerzen. Als ich niesen muss, zieht sich der Schmerz wie ein Blitz durch meinen ganzen Körper und ich drehe mich wimmernd zur Seite.

Eine Hand streicht mir die nassen Haare aus dem Gesicht und ich zwinge mich die Augen zu öffnen. Raik. Seine dunklen Augen tasten besorgt jeden Zentimeter meines Gesichts ab.

„Chris?", frage ich und meine Stimme ist so leise, dass ich mir nicht sicher bin, ob er mich gehört hat. Doch er schüttelt den Kopf. „Wir haben ihn noch nicht gefunden." Er weicht meinem Blick aus und überlegt eine Weile, dann setzt er ein gezwungenes Lächeln auf. „Aber wir gehen bald noch einmal los. Außerdem haben wir ihm Nachrichten an verschiedenen Punkten hinterlassen. Und ich habe auch eine gute Neuigkeit."

Ich warte, während er aufsteht und sich ein paar Schritte entfernt. Ich höre etwas rascheln, dann taucht er wieder auf und kniet sich neben mich. „Schokolade."

Meine Augen weiten sich. Schokolade? Richtige, echte Schokolade?

„Möchtest du etwas haben?", fragt er und schüttelt gleich darauf den Kopf. „Weißt du, es ist mir egal, ob du es willst oder nicht. Du wirst etwas davon essen. Notfalls zwänge ich es dir rein. Und dann wirst du Wasser trinken. Einen ganzen Liter. Oder mehr."

„Wasser?", frage ich und bin darüber sogar noch überraschter, als über die Schokolade. Er nickt und lächelt. „Dank Milas Fähigkeiten konnten wir locker in alle möglichen Häuser spazieren. Und wir haben tatsächlich noch einiges gefunden. Auch neue Kleidung und Hygieneartikel. In manchen Kellern haben wir ganze Vorratskeller gefunden." Seine Augen leuchten, wie ich es bei ihm noch nie erlebt habe. „Es war wie im Schlaraffenland. Wir müssen noch einige Male raus, um die Sachen nach und nach hier her zu schaffen. Und dann müssen wir schauen, was wir mitnehmen können. Wir brauchen mehr Rucksäcke, aber die finden wir auch noch."

Er ist so voller Euphorie, dass es mir schon fast leidtut, dass ich ihn bremsen muss. „Aber Chris", krächze ich. „Ohne ihn können wir nicht gehen."

Genauso schnell wie das Leuchten gekommen ist, ist es auch wieder verschwunden und ich könnte mich selbst dafür ohrfeigen. Raik gibt sein Bestes und er würde ganz sicher nicht einfach so aufgeben.

„Natürlich nicht", sagt er in ruhigem Ton und zupft ein paar Fusseln von meiner Decke. „Wir gehen gleich noch einmal los."

Ein leises Piepsen reißt mich aus unserem Gespräch und mein Kopf ruckt so schnell herum, dass mir schwindelig wird. Was war das?

Da erst entdecke ich Paddy, der wohl die ganze Zeit über ruhig auf der Couch gelegen hat, das bandagierte Bein durch ein paar Kissen leicht erhöht. Sein Blick ist konzentriert, seine Zunge fährt immer wieder unruhig über seine Lippen und ich frage mich, was dieses Verhalten auslöst, bis ich sehe, was er da so anstarrt. In seinen Händen hält er einen blauen Gameboy. Ein uraltes Teil. Vermutlich aus den Neunzigern. Immer wieder gibt es leise Pieptöne von sich, während Paddys Daumen in rasender Geschwindigkeit die Knöpfe drücken.

Ich starre ihn mit offenem Mund an, bis Raik leise lacht. „Das Teil haben wir auch in einem der Häuser gefunden und Mila war der Meinung, wir sollten es für Paddy mitnehmen. Seit Stunden hat er kein Wort mehr von sich gegeben. Vielleicht war das Milas Hintergedanke bei der Sache."

„Und die Batterien funktionieren noch?"

„Erstaunlicherweise, ja. Wir haben aber auch noch Ersatz gefunden. Paddy wird also noch eine ganze Weile beschäftigt sein."

Er streckt sich zur Seite und greift nach einer Flasche Wasser. „Hier, trink erst mal was."

Meine Hände zittern so sehr, dass er mir hilft und die Flasche an meine Lippen hält, damit ich in kleinen Schlucken daraus trinken kann. Mein Hals schmerzt unangenehm, als die kühle Flüssigkeit meine Speiseröhre hinabläuft. Aber gleichzeitig merke ich, wie ausgetrocknet ich bereits bin. Erschöpft lasse ich mich zurück in die Kissen sinken und schüttele schwach den Kopf, als Raik mir die Flasche noch einmal hinhält.

Tadelnd zieht er die Augenbrauen zusammen. „Das war nicht mal ein Glas. Ich stelle dir die Flasche hier hin. Trink, so oft es geht, okay?" Er steht auf und ich schaffe es tatsächlich, meine Finger in sein Hosenbein zu krallen, um ihn festzuhalten. „Wo willst du hin?"

Er nickt in Richtung Flur. „Mila und ich wollen gleich wieder los. Kevin wird hier bei euch bleiben, um aufzupassen."

Wie auf Kommando erscheint Mila im Türrahmen. Sie nickt Raik zu und er lächelt mich entschuldigend an, bevor er meine Hand von seinem Bein löst. „Wir kommen bald zurück."

Es fühlt sich an, als würden sich in mir zwei Herzen streiten. Das eine, das nach Chris schreit und alle Hoffnung in die Suche nach ihm steckt und das andere, das sich wünscht, Raik würde nicht gehen.

Ich atme tief ein und erwidere sein Lächeln dankbar. Ich weiß, dass er es hauptsächlich für mich tut. Und auch Mila würde diese Gefahr nicht auf sich nehmen, wenn ich nicht wäre. Das macht es für mich umso schlimmer. Denn, wenn den beiden etwas zustoßen sollte, wäre es meine Schuld. Ohne ein weiteres Wort des Abschieds verlassen sie das Haus und lassen mich mit Paddy im Wohnzimmer alleine.

Piep. Piep. Piep. Pling. Piep. Piep. Piep.

„Was spielst du?", frage ich, um mich ein wenig abzulenken.

Piep. Pling. Pling. Pling. Boing. Pling. Piep. Piep.

„Paddy!"

„Hä?" Er sieht nicht einmal vom Bildschirm auf.

„Was spielst du?"

„Mario", nuschelt er und presst seine Daumen so fest auf die Tasten, dass das Plastikgehäuse unter dem Druck knirscht.

Seufzend drehe ich mich zur Seite und lasse zu, dass die Müdigkeit mich wieder einlullt.

KAPITEL 20

RAIK

Bei unserer Suche nach Chris bewegen wir uns fort wie ein suchender Hund. In immer größer werdenden kreisrunden Radien durchstöbern wir die Gebäude, Schuppen, Parks und Fabrikhallen. Manchmal erschrecke ich mich noch, wenn wir auf Infizierte stoßen, doch bald hat auch mein Fluchtinstinkt verstanden, dass sie momentan die geringste Gefahr für uns darstellen. Viel gefährlicher sind die Überlebenden, die sich in manchen Häusern verschanzt haben. Bisher sind wir glimpflich davon gekommen. Meist haben die Bewohner uns gar nicht erst bemerkt. Manchmal mussten wir schnell über den nächsten Zaun flüchten.

Aber nie war einer von ihnen gesprächs-, geschweige denn hilfsbereit.

Um ehrlich zu sein, habe ich die Hoffnung, Chris noch lebend zu finden, allerdings sowieso schon aufgegeben. Und je länger wir nach ihm suchen, desto ruhiger werde ich. Der Gedanke ist grausam, aber wenn er tot ist, kann er mich wenigstens nicht mehr beschuldigen. Für was auch immer.

Deshalb konzentriere ich mich beim Durchstreifen der Häuser mehr auf nützliche Dinge. Ich packe Dosen und Einmachgläser in meinen Rucksack, sowie angebrochene Shampooflaschen und Deosprays. Am meisten freuen wir uns, wenn wir etwas zu Trinken finden. Sogar eine Coladose konnten wir schon einstecken.

Während wir uns nun durch einen weiteren dunklen Keller schleichen, höre ich Milas nüchterne Stimme hinter mir: „Du glaubst auch, dass er tot ist, oder?"

Ich halte inne, die Finger auf einem Regalbrett und versuche, meine Augen an die Dunkelheit zu gewöhnen. Ich fahre mit den Fingerspitzen über das staubige Regal. „Ich befürchte es."

„Wir sollten es ihr sagen."

Ich schüttele den Kopf. „Nicht, solange wir keinen Beweis haben. Sie wird keine Ruhe geben, bis sie ihn selbst gefunden hat."

Mila tritt an mir vorbei. Die Dunkelheit scheint ihr nichts auszumachen. „Sie wird uns glauben müssen. Es ist besser für sie. Wir sollten so schnell es geht aus dieser Stadt raus. Sie muss weg von hier. Weg von den Erinnerungen."

„Erinnerungen?" Ich runzele die Stirn. „Was meinst du damit? Was ist im Zoo passiert?"

Es herrscht eine kurze Stille. Vielleicht hat sie den Kopf geschüttelt. Doch ich kann lediglich ihre Schemen ausmachen. „Vielleicht erzählt sie es dir selbst irgendwann." Sie schweigt noch einmal, dann fügt sie hinzu: „Ich kann uns gegen Infizierte schützen, aber nicht gegen Menschen."

„Ich weiß", antworte ich. „Aber sie ist noch nicht in der Lage weiterzugehen. Sie wird keinen Kilometer schaffen. Und Paddy ist auch noch nicht wirklich fit."

„Spätestens morgen beschaffen wir ein Auto", erklärt Mila. „Egal, ob wir den Jungen bis dahin gefunden haben, oder nicht."

Den Jungen? Erst da wird es mir klar. Ich spreche gerade nicht mit Mila, sondern mit Dante. Und vielleicht, nein höchst wahrscheinlich, gilt seine Sorge nicht nur Hülya.

„Du willst Mila von hier wegbringen, nicht wahr?"

Stille. Dann höre ich Mila tief einatmen. „Es tut mir leid. Das macht er normalerweise nicht."

„Was?"

„Für mich sprechen. Ich habe es ihm verboten. Aber … er hat halt seinen eigenen Kopf." Sie klingt nicht wütend oder erschrocken.

„Sag du es mir, Mila. Was ist im Zoo passiert?"

Und dann beginnt sie zu erzählen. Und während sie spricht, wachsen Wut und Entsetzen in mir gleichermaßen an und formen sich zu einem tiefen Grollen, das meiner Kehle entsteigt. Die Finger, die eben noch locker auf dem Regalbrett lagen, haben sich nun darin verkrallt. Und hätte ich den Mistkerl, der ihnen das alles angetan hat, nicht schon erledigt, würde ich es spätestens jetzt tun.

Milas Stimme in der Dunkelheit ist leise und ein wenig zittrig. Aber sie lässt nichts aus, beschönigt nichts, schont mich nicht. Ich strecke die Hand nach ihr aus, doch sie weicht ein Stück zurück. „Ist schon gut. Ich kann damit umgehen", sagt sie. „Jetzt, wo Dante wieder da ist. Und es hätte viel schlimmer kommen können."

Dann dreht sie sich um und geht weiter. „Lass uns weitermachen. Wir sollten nicht zu lange wegbleiben."

KAPITEL 21

HÜLYA

D as Piepsen hat aufgehört, dafür weckt mich Paddys durchdringendes Schnarchen. Ich öffne die Augen und blinzele gegen das Sonnenlicht an, das durch die schmalen Ritzen der Jalousien eindringt. Staubpartikel tanzen in den Lichtstreifen. Mir tun die Knochen weh und außerdem muss ich dringend pinkeln. Das wenige Wasser, das ich getrunken habe, möchte wieder raus.

Aber bevor ich mich dazu aufraffen kann, mich am Wohnzimmertisch hochzuziehen, höre ich Stimmen. Oder ist es nur eine? Ich lasse die Tischkante wieder los und bleibe flach liegen.

Sind Mila und Raik wieder zurück? Ein erneutes Schnarchen von Paddy lässt mich zusammenzucken. Dann höre ich die Stimme wieder. Kevin. Der kurze Moment der Erleichterung wird gleich darauf von Irritation abgelöst. Er scheint im Flur zu stehen, doch ich höre nur seine Stimme. Oder? Ich strenge mich an, schließe sogar die Augen, um alle anderen Sinne kurz auszublenden.

„Sie nicht", höre ich ihn murmeln. „Aber bei ihm bin ich mir nicht sicher."

Irritiert runzele ich die Stirn.

„Wir sollten auf Nummer sicher gehen… Nein. Nein, noch nicht. Hör doch… Du kannst mir vertrauen. Das weißt du. Ich sage dir Bescheid, wenn der richtige Moment gekommen ist. Wenn…" Er hält inne und auch ich halte die Luft an. Wieder ertönt Paddys Schnarchen und erst dann fährt Kevin fort. „Wenn alles bereit ist, rufe ich dich. Wir sollten jetzt nichts überstürzen."

Ich richte mich weiter auf, in der Absicht, mich der Türöffnung zu nähern. Doch dabei stoße ich gegen die Wasserflasche, die Raik mir bereitgestellt hat. Polternd fällt sie um und ich lasse mich erschrocken zurückfallen, schließe die Augen und atme so tief wie möglich. Schon höre ich seine Schritte. Nur seine?

Ich spüre, dass er sich neben mich hockt. Sein Knie berührt meinen Arm. Eine Weile passiert nichts und ich muss ein nervöses Schlucken unterdrücken. Dann ertönt wieder Paddys Schnarchen.

Ich höre, wie Kevin die Wasserflasche wieder aufstellt und sich von mir zurückzieht. Er geht zurück in den Flur, doch seine Stimme höre ich nicht mehr.

Erleichtert atme ich aus. An Schlaf ist nicht mehr zu denken. Ist er wieder allein? Mit wem hat er gesprochen? Mila und Raik können es nicht gewesen sein. Das hätte ich gehört.

Da kommt mir ein grauenerregender Gedanke. Wie war das mit den Aliens? Sie übernehmen die Körper ihrer Wirte, ohne dass ein Außenstehender etwas davon mitbekommt. Was, wenn genau das mit Kevin passiert ist? Was, wenn wir die ganze Zeit mit dem Feind unterwegs waren? Ich rufe mir Kevins Verhalten in Erinnerung. Hat er gegessen und getrunken? Hat er geschlafen? Ja, hat er. Aber vielleicht hat er das alles nur getan, um uns etwas vorzuspielen. Mein Herz schlägt mir wie wild gegen die Brust und erneut breche ich in Schweiß aus. Aber warum sollte er mit uns mitgehen? Warum tötet er uns nicht sofort? Er kennt doch unseren Plan. Er weiß, dass wir die nächste Kapsel finden und zerstören wollen.

Ich schlage die Augen auf und starre an die Decke. Vielleicht ist genau das sein Ziel. Die Kapsel. Er will, dass wir ihn hinführen. Mein Atem geht immer hektischer. Panik kriecht in mir auf. Dann höre ich seine Stimme.

„Alles in Ordnung bei dir?"

Mit ruhigen Schritten kommt er näher. Er hockt sich zu mir hinunter und rückt die Kappe auf seinem Kopf zurecht. Ein leichtes Lächeln spielt um seine Lippen. „Deine Wangen sind schon viel rosiger. Ein gutes Zeichen. Möchtest du noch etwas trinken?"

Stumm schüttele ich den Kopf und versuche, die Panik zu unterdrücken.

Er runzelt die Stirn und tastet mit dem Handrücken über meine Wangen. „Heiß bist du nicht mehr. Das Fieber scheint gesunken zu sein. Hätte nicht gedacht, dass du so schnell heilst. Möchtest du dich aufsetzen?"

Ich kann ein Zucken nicht unterdrücken, als er nach meinen Armen greift und meinen Oberkörper hochzieht.

Leise lachend schüttelt er den Kopf. „Hat deine Stimme jetzt ganz den Geist aufgegeben?"

Zitternd hole ich Luft und zwinge ebenfalls ein Lächeln auf meine Lippen. Gute Miene zum bösen Spiel. Er darf nicht wissen, was ich denke.

„Es geht", sage ich heiser. „Danke. Aber ich müsste mal auf Toilette."

Mit wem spreche ich hier? Mit Kevin oder mit einem Alien? Falls er wirklich befallen ist, weiß er es? Oder ahnt er es selbst nicht? Steckt er mit dem Ding unter einer Decke oder ist schon nichts mehr von Kevin übrig?

Die Gedanken rasen durch meinen Kopf, als ich mir von Kevin aufhelfen und mich zur Toilette bringen lasse. Meine nackten Füße tapsen über den dreckigen Fußboden. Wenn er es hier und jetzt auf mich abgesehen hat, bin ich erledigt. Meine Knie zittern und können mich kaum tragen. An Flucht, geschweige denn Verteidigung, ist nicht zu denken. Und der schlafende, ebenfalls verletzte, Paddy wäre mir auch keine Hilfe.

Wann kommen bloß Mila und Raik zurück? Und wie soll ich ihnen von meinem Verdacht berichten, ohne, dass Kevin es mitbekommt?

„Schaffst du es ab hier alleine?", fragt er und öffnet die Tür zu dem kleinen Klosett. Schon hier schlägt mir ein widerlicher Gestank entgegen. Neben dem schmutzigen Klo steht ein mit Regenwasser gefüllter Eimer zum Nachspülen.

Ich nicke und bin trotz des ekelerregenden Anblicks vor mir erleichtert, dass ich in diesem kleinen Raum wenigstens alleine bin und kurz Zeit habe, noch einmal über alles nachzudenken.

Kevin wartet vor der Tür. Mein Herz rast immer noch. Ob vor Panik oder wegen der ungewohnten Belastung weiß ich nicht.

Und wenn es sich gar nicht um einen Alien handelt? Wenn er mit jemand anderem gemeinsame Sache macht? Vielleicht hat er mit einem Menschen gesprochen? Sollte ich ihn fragen, mit wem er sich unterhalten hat? Würde er mir die Wahrheit sagen? Vermutlich nicht. Ich meine, wenn er hier einen alten Freund treffen würde, der uns nicht böse gesinnt wäre, würde er es uns doch sofort sagen, oder nicht? Wieso sollte er es uns verschweigen?

Mit zitternden Händen halte ich mich an den Wänden fest, als ich wieder aufstehe und mich anziehe. Dann hebe ich den Eimer mit viel Mühe an und weiche den Wasserspritzern aus, die von der Kloschüssel abprallen. Der Eimer rutscht mir aus den Händen und sofort öffnet sich die Tür und Kevin steht neben mir und greift nach meinen Ellbogen. „Alles klar? Komm, ich bringe dich zurück."

Oder bilde ich mir alles ein? Auf dem Rückweg durch den Flur betrachte ich ihn immer wieder kurz von der Seite. Er sieht so normal aus. So ganz und gar nicht böse. Mir ist so heiß. Der Schweiß rinnt mir die Schläfen und den Nacken hinunter. Ein Frösteln überkommt mich.

„Du bist eiskalt", bemerkt Kevin und wirkt besorgt. Er hilft mir zurück in mein Krankenlager und richtet sich wieder auf. „Ich hole dir noch eine Decke."

War es ein Fiebertraum? War ich überhaupt wirklich wach? Schwach blinzelnd drehe ich mich zu Paddy um, der nun nicht mehr schläft, sondern wieder mit seinem Gameboy spielt. Hat er geschlafen? Oder hat er die ganze Zeit gespielt?

Ich schnaufe erschöpft und reibe mir über die kaltfeuchte Stirn. „Werde ich verrückt?"

Paddy gibt ein Geräusch von sich, das wie ein unterdrücktes Lachen klingt. „Verfluchte Prinzessin. Willst du mich verarschen?"

Begleitet vom Piepsen des Gameboys schlafe ich wieder ein.

KAPITEL 22

RAIK

Als wir zurückkommen, schläft sie schon wieder. Ich merke erst, wie lange ich sie von meinem Platz im Sessel aus betrachtet habe, als Kevin mich mit einer Berührung an der Schulter aus meiner Trance reißt.

Ich sehe kurz zu ihm auf, als er sich an mir vorbeischiebt und vor Paddys Couch zu Boden sinken lässt. Paddy lässt sich nicht stören. Er schaut nicht einmal auf, sondern drückt weiter auf die Tasten seines Gameboys. *Piep. Piep. Piep. Pling. Pling. Pling. Boing. Pling. Pling.*

Kevin öffnet die Packung Salzstangen, die wir mitgebracht haben und hält sie mir entgegen. Ohne weiter darüber nachzudenken, greife ich zu und knabbere an der salzigen Stange.

„War sie zwischenzeitlich mal wach?"

Er nickt. „Musste kurz auf Toilette. Aber sie hat es kaum zurückgeschafft. Ich hab das Gefühl, sie hat Fieberträume. Als sie aufgewacht ist, hat sie mich angesehen, als wollte ich sie umbringen."

Die Salzstange zerbricht zwischen meinen Fingern und fällt in kleinen Krümeln zu Boden. Kein Wunder, dass sie so reagiert. Vergeblich versuche ich die Bilder loszuwerden, die mir seit Milas Erzählung im Kopf herumspuken. Ich sehe wieder zu Hülya hinüber, die sich stöhnend auf die Seite wälzt. Die dunklen Haare hängen ihr in klebrigen Strähnen ins Gesicht.

Piep. Piep. Pling. Pling. Pling. Pling. Boing. Pling. Piep. Piep.

Stumm fordere ich ein neues Knabberteil von Kevin ein. Auch, wenn ich nicht weiß, ob das komische Gefühl in meinem Bauch mit Hunger zu tun hat, tut es einfach gut, seine Zähne mal zu etwas anderem zu gebrauchen, als sorgenvollem Knirschen.

Mila betritt den Raum, lässt sich neben Kevin nieder und schaut kurz über die Schulter zu Paddy, der verbissen auf seiner Unterlippe herumkaut. Mit einem Schulterzucken wendet sie sich ab und richtet sich an Kevin und mich.

„Morgen werden wir ein Auto auftreiben", informiert sie Kevin über die Pläne, die eigentlich Dante geschmiedet hat. „Es wird Zeit, dass wir weiterfahren."

Boing. Boing. Pling. Pling. Pling. Piep. Piep. Boing.

„Und was ist mit…", Kevin unterbricht sich und nickt nur in Hülyas Richtung. Wir wissen trotzdem, von wem er spricht.

„Wir suchen jetzt seit fast vier Tagen nach ihm", antwortet Mila nüchtern. „Man kann sich ausrechnen, wie hoch seine Überlebenschancen in dieser Stadt noch sind."

Boing. Pling. Pling. Pling. Boing. Piep. Piep. Boing.

„Und was sagen wir ihr?", will Kevin wissen. „Wie wollt ihr ihr das erklären?"

„Sie ist nicht dumm", sage ich, und weiß nicht, wen ich damit beruhigen will. Ihn oder mich. „Sie weiß, dass es besser ist, wenn wir weiterfahren."

Pling. Pling. Boing. Piep. Piep. Piep. Boing. Pling. Pling. Pling.

„Weiterfahren?", höre ich auf einmal Hülyas schwache Stimme von ihrem Platz aus. Wir wenden ihr alle unsere Blicke zu und beobachten, wie sie sich zwingt, die Augen zu öffnen.

„Habt ihr ihn gefunden?"

Ich schlucke und schüttele den Kopf. „Nein, noch nicht."

Mila atmet tief ein. „Es ist wie die Suche nach der Nadel im Heuhaufen. Es ist unmöglich, ihn zu finden. Und je länger er alleine unterwegs ist…"

„Er ist nicht tot!", fährt Hülya auf. Ihre Stimme bricht und sie beginnt zu husten. Stöhnend greift sie sich an den Kopf. „Er ist nicht tot", wiederholt sie etwas leiser.

Boing. Pling. Pling. Pling. Piep. Boing.

„Wir wissen es nicht", sage ich ebenso leise und wechsele einen hilfesuchenden Blick mit

Mila. Diese schließt kurz die Augen und sagt dann: „Wir müssen weiter. Wir können nicht ewig hierbleiben. Das weißt du."

Pling. Pling. Pling. Boing. Piep. Piep. Boing. Pling.

„Er ist allein", haucht Hülya. „Ganz allein. Und ich bin daran schuld. Er ist da runter gesprungen, um mich zu schützen. Und jetzt ist er allein. Er würde mich auch nicht aufgeben."

Sie hat recht. Chris würde alles tun, um Hülya wiederzufinden. Und ich weiß auch, dass sie am liebsten selbst rausgehen würde, um ihn zu suchen. Aber im Moment sieht es so aus, als würde sie es nicht einmal aus diesem Zimmer schaffen.

Piep. Boing. Pling. Pling. Pling. Boing.

„Aber er würde auch nicht wollen, dass du dich wegen ihm in Gefahr begibst", halte ich dagegen.

„Das ist mir egal", murmelt sie. Am liebsten hätte sie mir die Worte wohl ins Gesicht gebrüllt, doch dafür reicht ihre Kraft momentan nicht aus. Ihr Zustand macht mich wahnsinnig.

„Sieh dich doch an!", rufe ich ungewollt laut. „Du bist mehr tot als lebendig! Und diese Stadt, diese verfluchte Stadt, die macht dich fertig. Wir werden morgen fahren, egal, was du dazu sagst."

Ihre Züge verhärten sich. Die Lippen sind nun nur noch ein schmaler, blasser Strich. „Im Moment bist du nicht viel besser, als das Ding, das dich besetzt. Du bist unmenschlich. Ihr alle seid es, wenn ihr ihn hier zurücklasst."

Ich keuche auf, getroffen von ihren Worten. „Du weißt, dass das nicht stimmt. Ich…"

Piep. Boing. Pling. Pling. Pling. Boing. Piep. Pling.

„Jetzt mach endlich das verfluchte Scheißteil aus!", brülle ich Paddy an, dessen Daumen endlich in der Bewegung innehalten. Er sieht mich an, als wäre ich gerade explodiert. Und vielleicht stehe ich auch kurz davor.

Piep.

Stille. Wir alle schweigen uns an. Schließlich ist es Paddy, der seinen Gameboy sinken lässt und sich räuspert.

„Ich erinnere mich, dass wir vor einigen Jahren in einer ganz ähnlichen Situation waren", sagt er ruhig, doch ich merke, wie Mila sich versteift.

„Mila und ich, wir warteten auf die Rückkehr von Freunden. Oder vielmehr darauf, dass Dante sie findet."

Mila senkt den Blick auf ihre im Schoß gefalteten Hände.

„Hat er sie gefunden?", fragt Hülya leise.

Paddy nickt, woraufhin ihre Augen ein wenig Leben zurückgewinnen. „Er hat sie beide gefunden. Aber Samuel… Er wurde gebissen. Und ein paar Tage später wünschte ich, wir hätten ihn nie gefunden."

Wieder legt sich Stille über unsere Gruppe. Und wieder ist es Paddy, der sie durchbricht. „Jeder von uns hat schon einmal die Verwandlung eines Infizierten mitverfolgt. Und keiner von uns wird diesen Augenblick jemals vergessen."

Hülyas Atem rasselt, als sie die Luft tief einzieht.

Nun sieht Paddy ihr fest in die Augen. „Glaub mir, Hülya, wenn ich dir sage, dass es besser ist, wenn wir ihn nicht finden."

Auch einige Stunden später ist die Stimmung noch getrübt. Wir alle fühlen uns, als hätten wir Chris' Todesurteil unterschrieben. Ich ganz besonders. Ich weiß immer noch nicht, was an dem Tag am Flussufer passiert ist. Hat Marek ihn ... Habe *ich* ihn umgebracht? Seit Tagen kann ich an kaum etwas anderes denken. Meine Schuldgefühle werden nur unterbrochen von der Sorge um Hülya. Während es Paddy von Tag zu Tag besser ging, scheint sie nur hin und wieder lichte Momente zu haben. Und kaum machen wir uns Hoffnung, bricht sie wieder zusammen und schläft, schläft, schläft. Hätten wir doch bloß auch etwas Medizin gefunden.

Als die Sonne untergeht und sie sich immer noch nicht rührt, hocke ich mich mit einem nassen Lappen neben sie und tupfe damit die Schweißtropfen von ihrer Stirn. Einen Moment halte ich mit dem Handrücken unter ihrer Nase inne, um zu überprüfen, ob sie noch atmet. Erst, als ich ein leichtes Kitzeln auf der Haut spüre, wage ich es, sie weiter zu waschen und ihre Haut zu kühlen.

Ihre Worte taten weh. Ich weiß, dass sie sie nur aus Wut und Verzweiflung ausgesprochen hat. Aber wie viel Wahrheit steckt dahinter? Glaubt sie wirklich, dass ich so werde wie er? Dass er mich vielleicht doch schon im Griff hat?

Ich horche in mich hinein, suche nach Anzeichen für seine Existenz. Doch seit meinem Blackout vor einigen Tagen habe ich ihn nicht mehr gespürt. Nicht einmal ansatzweise.

Als Hülya sich regt und mich aus ihren dunklen Augen ansieht, lasse ich den Waschlappen langsam sinken. Sie atmet flach, als würde ihr jeder Atemzug Schmerzen bereiten.

Ich starre auf ihre spröden Lippen, als sie sie bewegt und greife sofort zur Wasserflasche. Doch sie schüttelt den Kopf und schielt mit den Augen zu Paddy hinüber, der mit dem Rücken zu uns gewandt liegt und offensichtlich schläft.

„Sind wir allein?", flüstert sie. Ich beuge mich ein Stück weiter zu ihr hinunter, um sie besser zu verstehen, dann nicke ich.

„Bis auf Paddy, ja."

„Wo ist Kevin?"

Ich schaue auf und überlege. „Ich glaube, er wollte sich ein wenig hinlegen. Er hat sich ein Bett oben ausgesucht."

„Da stimmt was nicht", nuschelt sie. Ich muss mich stark konzentrieren, um sie verstehen zu können.

„Was meinst du?"

„Mit ihm." Ein starker Hustenanfall unterbricht sie und ich reiche ihr nun doch die Flasche, damit sie einen Schluck daraus nehmen kann.

Als sie fertig ist, schluckt sie noch ein paar Mal, wobei sie das Gesicht vor Schmerz verzerrt. „Er hat ... Er hat heute ...", sie überlegt kurz, wahrscheinlich weiß sie nicht mehr, ob ihre Zeitangabe noch stimmt. „... mit jemandem gesprochen."

Ich ziehe die Augenbrauen zusammen und betrachte sie lange. Sofort muss ich wieder an seine Stimme denken, die ich dachte, gehört zu habe, als wir uns vor dem Dom wiedertrafen.

„Bist du dir sicher?"

Sie nickt, schließt die Augen für einen Moment und sieht mich dann wieder an. „Aber ich weiß nicht, mit wem."

Ich setze mich wieder gerade hin und streiche ihr noch einmal mit dem Waschlappen über die Stirn. „Wir müssen ihn im Auge behalten."

„Ja", lese ich von ihren Lippen ab. Dann sinkt sie wieder in einen unruhigen Schlaf.

KAPITEL 23

HÜLYA

Ich weiß nicht mehr, wann ich wach bin und wann ich träume. Die Nacht ist lang. Und so qualvoll wie keine andere. Manchmal wache ich durch mein eigenes Weinen auf. Ich weiß nicht einmal, warum ich weine, denn ich bin zu keinem klaren Gedanken fähig. Jedes Mal ist Raik da. Er streicht über meine Haare, flüstert mir beruhigende Worte zu und wartet an meiner Seite, bis ich wieder einschlafe. Wann geht endlich die Sonne auf? Wann hat diese Nacht ein Ende?

Als ich das nächste Mal aufwache, sitze ich kerzengerade in meinem Lager. Bin ich gerade erst aufgewacht? Oder bin ich schon länger wach? Warum sitze ich?

„Hülya", höre ich Raiks Stimme. Seine Hand stützt meinen Rücken. „Schaffst du es, die Augen aufzumachen?"

Nein. Nein, ich schaffe es nicht. Aber das kann ich ihm nicht sagen. Ich schaffe es nicht einmal, den Kopf zu schütteln.

„Sieh doch, Hülya", redet er weiter und seine Stimme dröhnt in meinem Kopf. „Sieh doch, wer da ist."

„Hülya." Eine andere Stimme. Eine andere Hand an meiner Wange. Warm und stark. So vertraut. Ich atme aus, schmiege mich in die Vertrautheit der Berührung. Chris. Ein Traum. Denn Chris ist tot. Oder nicht? Wieder rollen Tränen über meine Wangen. Heiße Tränen, die sich in meine kalte Haut brennen. Der Druck in meinem Rücken lässt nach und ich sinke zurück in die Kissen.

„Hülya. Mach die Augen auf. Sieh mich an."

Aber nun will ich die Augen nicht mehr öffnen. Ich will nicht, dass dieser Traum endet. Ich will seine Stimme hören. Immer und immer wieder. Sein Daumen wischt eine Träne von meiner Wange. Dann spüre ich seine Lippen an derselben Stelle. Und sie flüstern in mein Ohr.

„Sieh mich an."

Und endlich schaffe ich es. Blinzelnd öffne ich die Augen und stöhne, als das Morgenlicht sich in meine Netzhaut brennt. Jemand stellt sich vor das Fenster und zieht die Vorhänge zu, sodass das Licht matter wird und ich die Augen weiter öffnen kann.

Und da ist er. Lebendig. So lebendig wie in meinen Träumen. Sein Mund ist zu einem Lächeln verzogen.

„Chris", will ich sagen, doch es kommt nichts über meine Lippen.

Er schüttelt den Kopf, um mich am Weiterreden zu hindern. „Ich habe Medizin für dich. Du musst sie nehmen, okay?"

Fast hätte ich wieder geweint. Doch ein Traum. Chris ist da und hat Medizin dabei? Natürlich. Wie dumm von mir, daran zu glauben. Doch dann spüre ich wieder seine Finger an meiner Haut. An meinen Lippen. Er öffnet meinen Mund einen Spalt und legt mir etwas auf die trockene Zunge. Jemand hebt meinen Kopf ein Stück an und ich spüre den Flaschenhals an meinen Lippen. Mit letzter Kraft trinke ich ein paar Milliliter und spüle die Tablette damit herunter.

Mit all meiner Willensstärke klammere ich mich an meinem letzten Traum fest. Es war zu schön, um wahr zu sein. Doch mein Körper zwingt mich immer mehr ins Hier und Jetzt zurück. Er zwingt mich, die weiche Wattewelt des Schlafs zu verlassen und die Schmerzen in all meinen Gliedern ungehemmt wieder wahrzunehmen.

„Leute!", ruft Paddy und ich habe das Gefühl, er steht direkt neben meinem Ohr und brüllt mit einem Megaphon hinein. „Sie wacht auf!"

Schritte nähern sich, eine Hand greift nach meinem Oberarm. Ich will sie abwehren, kneife die Augen zusammen und stöhne unwillig.

„Hülya", höre ich Mila sagen. „Wie geht es dir?"

Ächzend drehe ich mich auf den Rücken und öffne die Augen. „Warum brüllt ihr alle so?" Meine Stimme gleicht einem Reibeisen.

Sie lächelt und dreht sich zu jemandem um. „Komm. Es geht ihr besser."

Blonde Haare tauchen in meinem Blickfeld auf. Und blaue Augen. Seine Augen. Ja.

„Chris", krächze ich.

Er nickt lächelnd und streicht mir eine Haarsträhne aus der Stirn. „Ja. Ich bin zurück."

„Aber wie?" Hustend richte ich mich auf und wehre Milas Hand ab, die mir dabei helfen will. „Wie hast du uns gefunden?"

„Das hat er gar nicht", erklärt Mila immer noch lächelnd. „Raik hat ihn gefunden."

Meine Augen werden groß. „Wirklich?"

Sie nickt. „Er ist in der Nacht noch einmal los. Er wollte diese letzte Gelegenheit nicht verstreichen lassen. Und wie durch ein Wunder war Chris plötzlich da, stand ihm auf der Straße gegenüber. Raik konnte es selbst nicht glauben."

Mein Blick huscht wieder zu Chris zurück. „Und ... Unverletzt?"

„Ja", bestätigt er und erst jetzt fällt die letzte Last von meinen Schultern ab. Ich lache leise und strecke ihm eine Hand entgegen. Er versteht meine Aufforderung und zieht mich in eine feste Umarmung. Es tut so gut, ihn wieder zu spüren. Seinen Herzschlag an meinem. Seinen Atem an meinem Ohr.

„Dann warst du es wirklich letzte Nacht?", frage ich leise und spüre sein Nicken an meiner Schulter. „Und du hast mir Medizin gebracht?"

Wieder nickt er. „Als ich dich hier liegen sah, habe ich Raik überredet, noch einmal loszugehen. Und wir haben tatsächlich Antibiotika gefunden. Es war unklar, ob sie helfen. Alle paar Stunden haben wir dir eine neue Tablette gegeben. Aber erst letzte Nacht hast du etwas davon mitbekommen."

Irritiert löse ich mich aus seiner Umklammerung und sehe ihn an. „Was meinst du damit? Ich habe doch nur eine Nacht geschlafen."

Mila schüttelt an seiner Stelle den Kopf. „Es waren drei Nächte. Wir konnten dich in diesem Zustand nicht ins Auto verfrachten. Es war unklar, ob du überhaupt überlebst."

Noch einmal drei Tage? Wie viel Zeit haben wir durch mich vergeudet? Ich fasse mir stöhnend an den dröhnenden Kopf.

„Wo ist Raik?" Ich muss ihm danken. Und mich bei ihm entschuldigen. Wenn ich mich auch nicht an viel aus der letzten Zeit erinnern kann. Die furchtbaren Worte, die ich zu ihm gesagt habe, haben sich in mein Gedächtnis gebrannt.

„Er ist mit Kevin im Garten", sagt Mila. „Sie versuchen, ein paar Kleidungsstücke in Eimern mit Regenwasser zu waschen. Wir wollen so viel Zeug wie möglich ins Auto packen."

„Dann geht es bald los?", frage ich und es ist Paddy, der mir antwortet. Tatsächlich sitzt er nicht mit einem Megaphon neben meinem Ohr, sondern immer noch auf der Couch gegenüber. Doch sein Fuß scheint wieder belastungsfähig zu sein, denn er wippt ungeduldig damit herum. „Na, das wird ja auch Zeit. Mir fällt bald die Decke auf den Kopf."

KAPITEL 24
RAIK

K evin niemals aus den Augen zu lassen, ist schwierig. Ich kann ihn schlecht auf Toilette begleiten und auch so findet er immer wieder Möglichkeiten meiner Dauerüberwachung zu entkommen. Dabei lässt er sich zumindest nicht anmerken, ob ihm meine ständige Kontrolle auffällt, oder nicht. Er bleibt locker und reißt immer wieder ein paar Witze. Um ehrlich zu sein, je länger ich ihn beobachte, desto unwahrscheinlicher kommt es mir vor, dass er irgendetwas im Schilde führt.

Während wir unsere Kleidung in den großen Bottichen schrubben, überlege ich fieberhaft, wie ich mehr aus ihm herausbekommen kann. Doch bevor ich etwas sagen kann, schüttelt er seine nassen Hände aus und deutet hinter mich.

„Reichst du mir mal das Waschpulver?"

„Klar." Ich gebe ihm die Packung, damit er etwas davon in das kalte Wasser streuen kann.

„Hätte auch nicht gedacht, dass ich irgendwann mal so meine Wäsche waschen würde. Mein Vater und meine Stiefmutter würden es noch weniger glauben."

Ich halte inne. Eine Steilvorlage. Möglichst beiläufig frage ich: „Weißt du, was mit ihnen passiert ist?"

Er schüttelt den Kopf. „Ich hab keine Ahnung."

„Also waren da nur noch du und deine Schwester?"

Er zögert kurz. Oder einen Moment zu lang? Dann nickt er. „Nur noch wir beide."

„Es muss hart gewesen sein für dich, sie zu verlieren."

Ich bemerke, wie er seine Hose noch ein wenig fester schrubbt. Das dreckige Wasser spritzt ihm ins Gesicht. „Ja, das war es."

„Und du warst die ganzen letzten Jahre alleine? Wie hast du das ausgehalten?"

Er stoppt in seinem Schrubbwahn und sieht mich an. „Ich weiß es nicht." Und er klingt so ehrlich, dass ich meine weiteren Fragen hinunterschlucke.

„Raik?" Ich schaue über die Schulter und sehe Chris in der offenen Terrassentür stehen. „Kann ich kurz mit dir sprechen?"

Ich hatte es befürchtet. Als Chris mir vor einigen Nächten plötzlich auf der Straße begegnete, als würde er einfach nur einen kleinen Spaziergang unternehmen, war ich einerseits erleichtert und auf der anderen Seite angespannt. Doch bis heute verlor er kein Wort über unsere letzte Begegnung. Die, an die ich mich nicht mehr erinnern kann. Ein paar Mal war ich kurz davor, ihn danach zu fragen. Aber ich hatte Angst, mich selbst zu verraten.

„Ich hab' eh keinen Bock mehr", meint Kevin und zieht die klatschnasse Hose aus dem Bottich, um sie über die Wäscheleine zu hängen. „Ich gehe rein und plündere unsere Vorräte."

Chris und ich schweigen, bis Kevin im Haus verschwunden ist, dann kommt Chris gemächlich zu mir herüber und lässt sich auf den weißen Plastikstuhl neben mir sinken.

„Wie geht es dir?", fragt er, dabei sieht er mich nicht an, sondern starrt in den verwilderten Garten, als gäbe es dort etwas Besonderes zu sehen.

„Okay", antworte ich, ziehe mein Hemd aus dem Wasser und wringe es darüber aus. Ich versuche, mir nicht anmerken zu lassen, wie nervös er mich macht. Als ich ihn auf der Straße traf, suchten meine Augen ihn gleich nach Verletzungen ab. Doch er war topfit. Nicht mal eine Schramme hatte er abbekommen.

„Nur okay?"

„Ich finde, das ist den Umständen entsprechend ein sehr gutes Befinden, oder nicht?"

Er nickt, sieht mich immer noch nicht an. „Hör zu. Hülya ist aufgewacht und ansprechbar. Die Medikamente scheinen zu wirken."

Mein Herz macht einen freudigen Satz. Ich schüttele das Hemd aus und hänge es neben Kevins tropfende Hose an die Wäscheleine. Doch bevor ich zu ihr eilen kann, sieht Chris mich an. Und etwas in seinen Augen lässt mich stocken. Kühl waren sie schon immer. Aber die Eiseskälte, die mir aus dem Blau seiner Iris entgegenstrahlt jagt mir eine Gänsehaut über den Rücken. „Ich habe ihr nichts von der Nacht erzählt, in der du mich töten wolltest. Und ich werde es auch nicht tun."

Ich halte die Luft an und seinem Blick stand. „Wieso nicht?"

Ein kleines Lächeln spielt um seine Mundwinkel. „Weil ich denke, dass es besser ist, wenn wir an einem Strang ziehen. Wir sollten uns vertrauen. Und hiermit mache ich den ersten Schritt auf dich zu."

Mein Atem geht ruhig, während meine Gedanken rasen. Chris konnte mich nie leiden. Ich war ihm stets ein Dorn im Auge. Warum hat er seine Meinung geändert? Was bezweckt er damit? Doch schließlich nicke ich. „Okay."

Sein Lächeln wird breiter. „Schön. Dann schau jetzt nach ihr. Sie hat schon nach dir gefragt."

Sie dort sitzen und Zwieback knabbern zu sehen, ist der schönste Anblick seit Tagen. Die Krümel fallen ihr in den Schoß, aber das scheint ihr egal zu sein. Als sie aufschaut und unsere

Blicke sich treffen, müssen wir beide lächeln. Endlich kehrt die Farbe in ihr Gesicht zurück. Ich hatte schon fast nicht mehr damit gerechnet.

„Na, ausgeschlafen?", frage ich und sie verdreht die Augen. Ich schlendere ins Wohnzimmer und setze mich neben sie auf den Boden.

„Hast du noch einen für mich?", frage ich und sie sieht mich überrascht an. Ich zucke mit den Schultern. „Ich hab' irgendwie Hunger."

„Hunger?" Sie zieht die Augenbrauen hoch, reicht mir aber trotzdem einen Zwieback.

Ich nicke. „Und Durst. Außerdem schlafe ich auch wieder. Zwar nicht sonderlich gut, aber das liegt vermutlich auch an den Matratzen. Mila macht ihre Arbeit gut."

Hülya lächelt. „Offensichtlich." Dann wird ihr Ausdruck wieder ernster, fast traurig. „Ich wollte dir noch etwas sagen."

„Ja?"

Sie lässt ihren Zwieback sinken und zerbröselt ihn zwischen den Fingern. „Es tut mir leid, was ich da zu dir gesagt habe."

Ich weiß sofort, wovon sie spricht und schüttele den Kopf. „Du musst dich nicht dafür entschuldigen."

„Doch. Es war falsch. Falsch und gemein. Ich hätte nicht mal daran denken dürfen."

„Das kann ich dir nicht vorwerfen. Ich denke doch selbst immer wieder darüber nach."

Sie sieht wieder auf und ich versinke fast in ihren großen, dunklen Augen. „Aber es ist nicht richtig. Du bist nicht unmenschlich. Warst du nie."

Ein paar Sekunden sehen wir uns schweigend an, dann lächele ich und wende den Blick wieder ab. „Entschuldigung angenommen. Okay?"

Sie nickt. „Okay."

Wir bleiben eine weitere Nacht im Haus, damit Hülya wieder zu Kräften kommen kann, dann packen wir sämtlichen Proviant in den Kofferraum unseres Wagens. Der Kombi hat schon ein paar Jahre auf dem Buckel, aber sein Tank war noch halb voll, deshalb ist er für uns eine Art Hauptgewinn. Damit sollten wir bis nach Maastricht kommen.

In der Straße, die vor dem Haus herführt, schleichen ein paar Infizierte herum, doch weder beachten sie uns noch wir sie. Unser Vertrauen in Mila ist allmählich wieder hergestellt. Selbst Chris beschwert sich nicht mehr. Allgemein ist er sehr schweigsam geworden. Aber ich bin ihm dankbar, dass er mich nicht vor den anderen bloßstellt. Und solange es Mila gut geht und sie Marek so in mir gefangen halten kann, muss ich den Teufel noch nicht an die Wand malen.

Seit über einer Woche hat sie keine Schwäche mehr gezeigt. Und auch mir geht es so gut wie lange nicht mehr. In der letzten Nacht habe ich sogar einige Stunden am Stück geschlafen. Endlich ohne Sorge um Hülya. Und zum Frühstück habe ich mehrere Scheiben Knäckebrot und Trockenfleisch verputzt.

„Nein, das tust du nicht!" Kevin, Chris und ich lassen die Gepäckstücke sinken, dir wir gerade einladen wollten und schauen alle angespannt zur Tür, von wo aus wir Milas Stimme hören.

„Ich lasse ihn nicht hier!", antwortet Paddy ihr aufgebracht.

„Doch, das wirst du."

„Auf gar keinen Fall. Das kannst du nicht von mir verlangen." Er klingt verzweifelt. Alarmiert sehe ich Kevin und Chris an, dann schaue ich wieder zur Tür, in der Mila nun auftaucht. Sie hat uns den Rücken zugewandt und stemmt die Hände links und rechts gegen den Türrahmen, sodass sie Paddy den Ausgang versperrt.

„Er bleibt hier. Basta."

„Du bist nicht meine Mutter. Jetzt geh mir aus dem Weg."

„Erst, wenn du das Teil weglegst."

Meine Schultern sacken erleichtert hinunter, als ich sehe, wie Paddy den blauen Gameboy an seine Brust drückt. „Niemals."

Sie stöhnt und lässt den Kopf hängen. „Ich hätte dir das Teil nie mitbringen sollen. Es verschlingt nur Batterien, die wir für die Taschenlampen und andere wichtige Dinge benötigen. Und du bist süchtig danach. Gib es zu."

„Bin ich gar nicht!", entgegnet er trotzig. Dann strafft er die Schultern. „Aber ich habe die Prinzessin noch nicht erreicht. Es ist Ehrensache, dass ich sie aus den Fängen des bösen Warios befreie."

„Argh!" Mila lässt die Arme hinuntersacken und dreht sich zu uns um. „Tut mir leid. Ich habe es versucht."

Kevin neben mir lacht leise. „Ich kenne niemanden, der jemals die Prinzessin befreit hat. Das ist eine Mission impossible."

„Ist es nicht", hält Paddy dagegen, stapft auf das Auto zu und verstaut den Gameboy im Handschuhfach. „Ich bin so kurz davor."

Mila schüttelt fassungslos den Kopf. „Ich hätte seine Sucht niemals unterstützen dürfen. Ich hätte es besser wissen müssen. Ich meine, bis vor ein paar Jahren hat er nur in Computerspielen gelebt."

„Wirklich?", fragt Kevin und lehnt sich neben Paddy an das Auto. „Welche?"

„Vor allem World of Warcraft. Aber auch Zelda. Zelda war ein Muss."

Kevins Augen leuchten auf. „Zelda hatte ich auch. Am liebsten bin ich mit den Hühnern durch die Gegend geflogen."

Paddy lacht. „Ja, die waren geil."

Ich muss lachen, als Mila die Lippen aufeinander presst und durch die Nase tief einatmet.

„Ihr wisst schon, dass ich nur einmal mit dem kleinen Finger zucken muss, damit der Kerl dahinten euch den Kopf von den Schultern reißt?"

Paddy und Kevin folgen Milas Blick nur halb beeindruckt. Der Infizierte, den sie meint, bleibt stehen, legt den Kopf schräg und sieht durch ein verbliebenes Auge zu uns hinüber. Anstatt eines zweiten klafft nur eine schwarze Höhle in seinem Kopf.

„Ach, Milachen", flötet Paddy. „Gib doch nicht so an."

Sie stößt ein letztes genervtes Knurren aus, dann wendet sie sich ab und geht zurück ins Haus.

KAPITEL 25

HÜLYA

Die Stimmung ist ausgelassen, als wir uns ins Auto quetschen und Raik den Motor anlässt. Wir alle sind froh, die Stadt endlich verlassen zu können. Paddy hat sich natürlich den bequemen Beifahrersitz ausgesucht, während Kevin, Chris, Mila und ich uns auf der Rückbank zusammenquetschen. Ich sitze schräg auf Chris' Schoß und klammere mich an dem Haltebügel über der Tür fest. Ich weiß nicht, wie lange diese Position für uns beide bequem bleibt. Doch momentan scheint er noch kein Problem damit zu haben. Seine Hände liegen sachte an meinen Hüften, sein Blick ist aus dem Fenster gewandt.

Auch Kevin scheint sich mehr für unsere Umgebung zu interessieren, als für Paddys Erzählungen von Computern, Prozessoren und Online-Spielen. Aber das stört Paddy nicht. Er geht ganz in seinen Erinnerungen auf.

Ich habe keinen weiteren Blick für das Haus übrig, in dem wir die letzten Tage verbracht haben, als Raik losfährt. Stattdessen schaue ich nach vorne. Ich kann es kaum erwarten, die Stadt endlich zu verlassen.

Neben mir atmet Mila so tief ein und aus, dass es selbst Paddys Gebrabbel übertönt. Sowohl er als auch ich sehen sie fragend an. Und auch Raik wirft ihr im Innenspiegel einen Blick zu. Nur Chris und Kevin schauen weiter aus dem Fenster. Sie runzelt die Stirn und reibt sich mit den Fingerspitzen über die Schläfen.

„Was ist los?", fragt Raik. Sie schüttelt nur den Kopf, aber ich sehe die Farbe aus ihrem Gesicht weichen. Ich suche Raiks Blick im Innenspiegel, werde aber von etwas anderem vor uns auf der Straße abgelenkt.

„Stopp!", rufe ich und Raik tritt so plötzlich auf die Bremse, dass ich mit der Stirn gegen die Kopfstütze des Beifahrersitzes stoße. Wir alle richten unsere Aufmerksamkeit nach vorne, wo ein paar Infizierte die Straße betreten. An sich wäre das nicht ungewöhnlich, denn in dieser Stadt befinden sich jede Menge davon und ich habe sie in den letzten Tagen oft in der Nähe des Hauses herumlungern sehen. Aber diese hier... Sie bewegen sich zielgerichtet auf uns zu. Als hätten sie es auf unser Auto abgesehen. Es sind fünf, nein jetzt schon sieben. Sie treten hinter Häusern und Garagen hervor und wachsen zu einer immer größeren Gruppe heran. Jetzt sind es schon mehr als zehn.

Raiks Finger trommeln auf das Lenkrad. „Was hat das zu bedeuten?"

„Ich kann sie nicht spüren", sagt Mila. Ihre Stimme klingt dünn. Immer wieder reibt sie sich über Stirn und Schläfen.

Nun beginne auch ich tiefer einzuatmen. „Das heißt, sie haben es wirklich auf uns abgesehen?"

Paddy gibt ein leises Murren von sich. „Gib Gas. Fahr sie über den Haufen."

Es sind zwanzig. Mehr als zwanzig. Ich verliere langsam den Überblick. Aus den Augenwinkeln sehe ich noch weitere auf uns zu wanken. Graue Haut. Trübe Augen. Getrocknetes Blut an ihrer Kleidung. Ich kann schon viel zu viele Details erkennen.

Raik tritt das Gaspedal hinunter und wir schießen los. Das Gepäck rutscht gegen die Heckscheibe des Kofferraums, Raik schaltet in den nächsten Gang und wir werden noch einmal schneller. Obwohl Raik versucht, die Infizierten zu umlenken, prallen bald schon die ersten Körper auf die Motorhaube. Ein besonders schwerer Untoter zertrümmert die Frontscheibe. Feine Risse ziehen sich durch das bruchsichere Glas.

Der Wagen holpert und ich stoße mit dem Kopf gegen die Decke. Jedes Mal, wenn wir einen von ihnen überrollen. Chris' Griff um meine Taille wird fester, während Mila neben mir vor Schmerz aufstöhnt und sich vorbeugt.

„Wir haben es gleich geschafft!", ruft Paddy nach hinten. Aber immer noch verdichtet sich die Menge an Infizierten um uns herum. Straße und Beschilderungen sind bald schon nicht mehr zu erkennen. Und dann fährt sich der Wagen fest. Tote Hände schlagen auf die Motorhaube und die Seitenfenster ein. Ich presse mich enger an Chris, als ein blutiger Armstumpf direkt neben mir gegen die Scheibe donnert. Gierig reißen sie ihre Münder auf. Zwischen gelben Zähnen erkenne ich Stoff- und Fleischreste.

„Fahr! Fahr! Fahr!", schreit Paddy, doch es ist offensichtlich, dass Raik keine Chance mehr hat. Der Motor heult gequält auf und bald schon steigt Qualm aus der Motorhaube auf.

Raik schüttelt den Kopf, die Zähne verbissen aufeinander gepresst. „Es geht nicht. Einer von denen muss sich unter uns verkeilt haben."

„Oh Gott." Ich wende den Blick von den scheußlichen Gestalten um uns herum ab und greife an Milas Schulter. „Mila, bitte. Du musst etwas tun."

Sie stöhnt nur noch leise, das Gesicht zwischen den Händen vergraben. Als ich ihre Handgelenke nehme und sie von ihr wegziehe, entdecke ich Blut an ihren Handinnenflächen. Es tropft kontinuierlich aus ihrer Nase auf ihre Jeans, die wir gestern noch gemeinsam gewaschen haben. Dabei haben wir uns über die

Jungs unterhalten und gelacht und uns wie zwei Freundinnen gefühlt.

Nun betrachte ich die kleinen roten Tropfen auf dem blauen Stoff und bin kaum in der Lage, noch etwas zu sagen.

„Scheiße!", flucht Paddy und schlägt mit der flachen Hand auf das Handschuhfach ein. Einmal, zweimal, dreimal. Sein Gesicht ist hochrot, die Sommersprossen auf seinen Wangen kaum noch zu erkennen.

Kevins Blick ist weiter angespannt nach draußen gerichtet. Seit wir losgefahren sind, hat er kein Wort von sich gegeben. Aber ängstlich sieht er auch nicht aus. Eher ... als würde er auf etwas warten. Misstrauisch sehe ich ihn an. Als er meinen Blick bemerkt, zieht er einen Mundwinkel hoch und flüstert: „Alles wird gut. Versprochen."

Ich öffne den Mund, um ihn zu fragen, woher er das wissen will, da keucht Raik auf und wir alle sehen erwartungsvoll nach vorne.

Die Schläge auf das Auto lassen nach und eine gespenstische Stille tritt ein. Fassungslos sehen wir mit an, wie die Infizierten langsam auseinandertreten. Direkt vor uns bilden sie eine lange Gasse und mir wird übel, als ich das ganze Ausmaß sehe. Es sind hunderte, wenn nicht gar tausend. Sie sind überall. Unsere Überlebenschance ist gleich null.

„Was zum Teufel wird das?", flüstert Raik und auch Chris spannt sich unter mir an und schaut mir über die Schulter.

Aus der grauen Masse der Infizierten löst sich eine schmale Gestalt. Als erstes sehe ich ihre feuerroten Haare. Wilde Locken, die ihr über die Schultern fallen und ihr blasses Gesicht einrahmen. Blass und sommersprossig. Aber so lebendig wie kein anderes. Doch je näher das Mädchen kommt, desto schneller klopft mein Herz. Denn nun sehe ich ihre Augen. Und was von Weitem aussah, wie leere, schwarze Höhlen wirkt aus der Nähe betrachtet noch viel gruseliger. Ihre Augen sind noch da. Doch sie sind durch und durch schwarz.

Mir wird heiß und kalt gleichzeitig und ich kann nicht aufhören, sie anzustarren. Ein paar Meter vor unserem Auto stoppt sie. Ihr Gesicht ist ausdruckslos. Keine Angst, keine Überraschung. Keine Regung, die etwas Menschliches andeuten könnte. Und gleichzeitig sieht sie aus wie ein normales Mädchen. Sie trägt eine weiße Bluse und eine blaue Jeans. Ich schätze sie auf etwa fünfzehn Jahre.

„Ach du…", setzt Paddy an und lehnt sich in seinem Sitz noch weiter vor. Da höre ich links von mir ein Klicken.

„Was tust du da?", schreie ich Kevin an, der gerade seine Tür öffnet und einen Fuß herausschiebt. Er wirft mir ein Lächeln zu und steigt aus, als wäre er nur ein Anhalter gewesen, der nun sein Ziel erreicht hat.

Die Tür fällt hinter ihm wieder ins Schloss und wir beobachten angespannt, wie er gemächlich an den Infizierten vorbei schreitet und auf das Mädchen zugeht.

„Sie werden kontrolliert", murmele ich.

Paddy nickt. „Ja. Von ihr."

„Wer ist sie?"

„Seine Schwester."

KAPITEL 26

RAIK

Meine Hände verkrampfen sich beinahe schon um das Lenkrad. Aber ich kann sie nicht lösen. Ich kann nur angespannt auf die Szene vor mir starren. Immer noch läuft der Motor und der aufsteigende Rauch verdeckt hin und wieder die Sicht auf Kevin und ... seine Schwester. Ich kann es kaum glauben.

„Wie ist das möglich?", frage ich und Paddy schüttelt den Kopf. „Ich hab keine Ahnung. Sie wurde gebissen. Ich war mir sicher, sie ist tot. Oder infiziert. Was auch immer."

Mila, deren Kopf inzwischen auf der Rückenlehne ihres Sitzes ruht, stöhnt wieder. Dann flüstert sie: „Sie ist infiziert. So wie ich es war."

Wir beobachten, wie Kevin seine Schwester in den Arm nimmt und ihr einen Kuss auf die Stirn drückt. Sie nimmt es ausdruckslos entgegen, die schwarzen Augen immer noch fest auf uns gerichtet.

„Oh Gott, wirkt das creepy", murmelt Paddy und richtet sich dann an mich. „Rückwärtsgang?"

Ich schüttele den Kopf. „Irgendwas blockiert mindestens ein Rad. Und hinter uns... nun ja..." Wir drehen uns alle um und Hülya schluckt beim Anblick der Massen an Infizierten, die uns umzingelt haben.

„Ich schlage vor, wir steigen aus", sagt Chris. Die ersten Worte, die er spricht, seit wir losgefahren sind.

Entsetzt sieht Hülya ihn an. „Was?"

Er erwidert ihren Blick nicht, sondern sieht weiter das rothaarige Mädchen an. „Früher oder später werden sie uns sowieso rausholen."

Paddy nickt. „Das stimmt. Wir sollten uns anhören, was sie zu sagen hat."

Hülya schüttelt wild den Kopf. „Ich steige auf keinen Fall aus. Das sind mindestens tausend Infizierte da draußen. Ich habe noch nie erlebt, dass Mila so viele auf einmal kontrolliert hat. Wer versichert uns, dass dieses Mädchen das kann? Eine Unaufmerksamkeit und wir sind alle tot."

„Und was dann?", frage ich sie. „Willst du solange hier sitzen bleiben, bis ihr langweilig wird und sie geht?"

Ich atme tief durch und schnalle mich ab. „Kommt schon." Es kostet mich Einiges an Überwindung, die Tür zu öffnen und auszusteigen. Hinter mir höre ich, wie auch Paddy, Hülya

217

und Chris die Straße betreten. Nur Mila ist zu schwach, um sich von der Stelle zu bewegen.

Das Herz schlägt mir bis zum Hals. Wenn sie wieder bewusstlos wird, hat Marek freie Bahn. Und ich weiß nicht, was er dann tut. Doch bisher spüre ich ihn nicht. Zögernd trete ich einen Schritt vor.

„Darf ich vorstellen?", richtet sich Kevin stolz grinsend an uns. „Meine kleine Schwester. Larissa." Er legt einen Arm um ihre Schultern und zieht sie enger an sich. Ihr Gesicht bleibt ausdruckslos. Mein Gott. Hat dieses Mädchen noch irgendetwas Menschliches in sich?

Mila sagte, sie wäre wie sie. Aber es fehlt eine entscheidende Komponente. Dante. Dante ist der Anker, der Mila auf dem Boden hält. Der sie nicht wahnsinnig werden lässt. Und Larissa fehlt dieser Anker. In ihr wütet das Virus ungehindert. Ein außerirdisches Virus.

„Ich bin mir nicht sicher, ob es eine Freude ist, dich wiederzusehen", meint Paddy. Larissa sieht ihn nicht einmal an.

Ihre Aufmerksamkeit gilt Mila. Und während wir so dastehen, versuche ich, ruhig zu bleiben, angesichts der unzähligen Infizierten, die uns umzingeln und höchstens eine Armlänge Abstand zu uns einhalten. Unser Leben liegt in den Händen dieses Mädchens. Und im Moment sieht es nicht so aus, als wäre sie uns besonders zugetan.

KAPITEL 27

HÜLYA

Ich studiere sie ganz genau. Die schwarzen Augen heben sich grotesk aus dem sommersprossigen, nahezu kindlichen Gesicht ab. Ließe man ihre Augen außen vor, wäre sie wirklich süß. Etwas blass und zierlich, aber süß.

Aber da ist etwas, dass mir einen Schauer nach dem anderen den Rücken hinunterjagt. Etwas Dunkles, Bedrohliches. Es umgibt sie wie ein Mantel.

Während ich sie beobachte, dreht sie langsam den Kopf in meine Richtung. Ich spüre, wie Chris, der direkt hinter mir steht, sich versteift. Sie betrachtet mich sehr lange, dann wendet sie sich wieder ab, stellt sich auf die Zehenspitzen und flüstert ihrem Bruder etwas ins Ohr. Er schüttelt den Kopf und deutet erst auf Raik und dann auf Mila, die noch im Auto sitzt und immer mehr abdriftet.

„Bist du dir sicher?", fragt sie. Ihre Stimme klingt anders, als ich erwartet hatte. Sie ist tatsächlich kindlich und unschuldig.

Er nickt und bevor ich mich wundern kann, geraten die Infizierten um uns herum in Bewegung. Keuchend stolpere ich zurück und in Chris' Arme, als ein paar von ihnen an mir vorbeidrängen. Aber sie haben es nicht auf mich abgesehen, sondern auf Raik. Sie packen ihn an den Armen, zerren und reißen an ihm. Raik brüllt vor Schmerz auf, dann tritt Kevin vor.

„Es tut mir leid, mein Freund. Aber das hier ist nur zu deinem Besten." Mit einem gezielten Schlag setzt er Raik außer Gefecht. Wie betäubt muss ich mit ansehen, wie er in die Knie geht und nur von den knochigen Händen der Infizierten gehalten wird. Sie knurren und geifern, doch keiner von ihnen fällt über ihn her.

„Was tut ihr denn da?", bringe ich endlich hervor und sehe Kevin und seine Schwester entsetzt an.

Kevin lächelt mich liebevoll an. „Ich weiß, das wirkt beängstigend. Aber es ist zu seinem und eurem Besten. Ihr seid auf falsche Versprechungen und Hoffnungen hereingefallen. Das kann ich euch nicht einmal übelnehmen. Aber im Laufe der Zeit habe ich gemerkt, dass ihr nicht anders zu überzeugen seid." Er sieht zu Larissa hinüber und nickt ihr zu. Gleich darauf stürzen weitere Infizierte los. Sie drängen auf das Auto zu, schieben sich hinein und bekommen Mila zu fassen. Sie wehrt sich nicht einmal mehr. Kein Mucks kommt über ihre Lippen, als sie aus dem Wagen gezerrt wird.

Mit einem wütenden Brüllen stürmt Paddy an uns vorbei. In seiner Hand sehe ich ein Messer aufblitzen mit dem er gezielt auf die Köpfe der Untoten einsticht. Zwei sacken bereits zusammen.

Mein Herz rast mir bis zum Hals, doch ich schlucke die lähmende Angst hinunter und zücke ebenfalls mein Messer.

Es sind wir gegen tausend Untote. Aber eher sterbe ich jetzt und hier, als mit der Schuld leben zu müssen, meine Freunde im Stich gelassen zu haben. Doch noch bevor ich zum ersten Schlag ausholen kann, packen mich zwei Infizierte an den Armen und stoßen mich zu Boden. Ich lande schmerzhaft auf dem Steißbein. Keine Sekunde später prallt auch Paddy neben mir auf dem Asphalt auf. Ein Keuchen entkommt seinen Lungen. Er rappelt sich sofort wieder auf, doch er, Chris und ich sind bereits hoffnungslos umzingelt.

Der Blick auf Raik und Mila ist nun versperrt. Wir hören nur noch Kevins Stimme. „Ich rate euch, hier zu warten. Es ist sinnlos, uns zu folgen. Macht's gut. Vielleicht sieht man sich mal wieder."

Dann ist nichts mehr zu hören außer dem Stöhnen und Knurren der Infizierten. Und hin und wieder Paddys ungehaltenem Fluchen. Minutenlang halten sie uns weiter zwischen sich gefangen, bis sie sich allmählich abwenden und wegschlurfen, als wären wir nicht weiter interessant. Aber ich bin mir sicher, dass diese Wirkung nicht mehr allzu lange anhalten wird. Sobald Larissa weit genug entfernt ist, wird sie diese Infizierten nicht mehr kontrollieren können.

„Ich denke, jetzt ist der passende Zeitpunkt gekommen, ihnen zu folgen", sagt Paddy. Er klingt nicht allzu enthusiastisch. Eher müde. Und ich weiß genau, wie er sich fühlt. Immer, wenn wir glauben, ein Tief überwunden zu haben, fallen wir in das nächste Loch. Wir kommen unserem Ziel kaum ein Stück näher. Stattdessen werden uns weitere Steine in den Weg gelegt.

Der Blick auf das Auto und die Straße ist nun wieder frei. Und beides liegt leer vor uns. Kein Raik. Keine Mila. Und auch von Kevin und Larissa ist keine Spur mehr zu sehen.

„Woher?", frage ich und weiche vor einem Infizierten zurück, der wie benommen an mir vorbeitaumelt.

Paddy sieht sich um und wirkt plötzlich unglaublich jung und hilflos. Doch dann verhärten sich seine Gesichtszüge wieder und er deutet nach vorne. „In die Richtung, aus der sie gekommen ist. Wir folgen den Infizierten."

„Bist du wahnsinnig? Wir sollten lieber aus ihrer Reichweite verschwinden, solange sie noch so ... so sind."

Ich wende mich an Chris, der die ganze Zeit über kein Wort gesagt hat. Was ist bloß mit ihm los? Ist er immer noch wütend auf mich, weil ich sowieso nie auf seine Ratschläge höre? Diese Phase sollten wir doch langsam überwunden haben. „Was denkst du?"

Er sieht mich an, als würde er mich heute zum ersten Mal richtig wahrnehmen. „Ich denke …" Er schüttelt den Kopf und runzelt die Stirn. „Ich denke, wir sollten erst einmal Land gewinnen und dann in Ruhe überlegen."

„Was ist mit dem Auto?", frage ich, drehe mich um und erkenne dann, woran unsere Flucht vorhin gescheitert ist. Ich muss die Lippen zusammenpressen und die saure Galle hinunterschlucken, die sich meinen Hals hinaufdrängt, als ich ein Gewirr aus Armen und Beinen zwischen Karosserie und rechtem Vorderreifen erkenne.

Paddy atmet tief durch, dann kniet er sich hinunter und zieht sein Messer. „Da muss man erst einmal ein bisschen was entwirren."

Stotternd und röchelnd setzt sich das Auto schließlich wieder in Bewegung. Paddy kurvt durch sämtliche Straßen, während mein Blick auch immer wieder nervös zur Tankfüllung hinübergleitet. Als wir nach zwei Stunden immer noch keinen Hinweis auf den Verbleib unserer Freunde haben, lege ich Paddy eine Hand auf den Arm. „Wir sollten aus der Stadt fahren und uns einen sicheren Unterschlupf suchen. Jetzt, wo wir ohne Mila unterwegs sind, ist es hier nicht mehr sicher genug."

Sein Kiefer knackt und er hält den Blick stur geradeaus gerichtet, doch schließlich nickt er und lenkt das Auto aus der Stadt heraus.

Eine halbe Stunde später haben wir eine Landstraße gefunden und folgen der Beschilderung in Richtung eines Ferienlagers, das etwas abseits im Wald liegt.

Irgendwann holpert der Wagen über einen unbefestigten Weg. Die Wolken haben sich verdichtet und erste Regentropfen platschen auf die Windschutzscheibe. Als der Untergrund zu schlammig wird, stoppt Paddy zwischen den Kieferbäumen und seufzt leise. „Ab hier müssen wir zu Fuß weiter, sonst fährt sich der Wagen fest."

Wir packen das Nötigste in Rucksäcke und machen uns auf den Weg Richtung Blockhütte.

Der Regen prasselt nun immer stärker auf uns herab und ich beschleunige meinen Schritt. Meine Gedanken drehen sich immer und immer wieder um dieselben Fragen.

Wo sind Raik und Mila?

Was haben Kevin und seine Schwester mit ihnen vor?

Wie können wir sie jemals finden?

Hinter mir ertönt ein dumpfes Geräusch und gleich darauf ein Platschen. Ich drehe mich um und wische die Tropfen von meinen Wimpern, um besser sehen zu können. Auf dem Boden, keine drei Meter von mir entfernt, liegt Paddy. Lang ausgestreckt auf dem Bauch, das Gesicht halb in einer Pfütze vergraben. Ich brauche zwei Sekunden, um zu reagieren. Zwei Sekunden, die zu lange dauern. Noch bevor ich mein Messer gezückt habe, schlägt es mir jemand aus der Hand und ich werde zurückgestoßen. Mit dem Rücken pralle ich gegen einen Baumstamm. Der Rucksack, den ich mir nur über eine Schulter gehängt hatte, rutscht herunter und landet auf dem feuchten Waldboden.

Kalte Finger krallen sich um meinen Hals und drücken leicht zu. Dann sehe ich in blaue Augen.

„Chris, was…?"

Ich versuche, die Situation zu erfassen. versuche, zu verstehen, was hier gerade vor sich geht.

Mit den Augen tastet er über mein Gesicht bis zu meinen Lippen. „Ich hab keine Lust mehr auf dieses Spiel. Ihr langweilt mich."

Ich sage nichts, versuche, tief und ruhig zu atmen, so viel Luft zu schöpfen, wie möglich. Er steht so dicht vor mir, dass ich seinen warmen Atem auf meinen Wangen spüre.

Chris lacht leise, beugt sich weiter vor und berührt meine Lippen mit seinen. Nur ganz sachte. Als würde er etwas testen wollen.

„Das hier wollte er die ganze Zeit schon tun." Dann presst er seinen Mund vollständig auf meinen. Gar nicht mehr sanft. Sondern grob und lieblos. Es fühlt sich weniger nach einem Kuss als viel mehr nach etwas ganz und gar Falschem an.

Als er sich wieder von mir löst und mir in die Augen sieht, lacht er noch einmal. „Dein Trick scheint diesmal nicht zu funktionieren. Im Gegenteil.“

Mein Trick? Nun geht mein Atem doch schneller und panischer. Wovon spricht er? Was… Und dann begreife ich.

„Marek?“

Ein schiefes Grinsen verzerrt Chris' schönes Gesicht. „Man könnte fast sagen, wie er leibt und lebt.“

FORTSETZUNG FOLGT SELBSTVERSTÄNDLICH!

DANKESCHÖN!

Line, ich kann dir nicht genug danken! Tapfer liest du Kapitel um Kapitel neben deinem schlafenden Sohn. Schenkst mir und meiner Leidenschaft deine knapp bemessene Freizeit und beschwerst dich lediglich darüber, dass ich nicht noch mehr Kapitel liefere. Ohne dich wäre die X-Reihe nicht das, was sie heute ist.

Ein großes Dankeschön auch an den Kölner Zoo, der mir die Erlaubnis gegeben hat, ihren Zoo zumindest in Schriftform zu zerstören. Es tat mir im Herzen weh, die Tiere leiden zu lassen und um die Ecke zu bringen. Es ist kaum zu glauben, aber ich bin normalerweise nicht so grausam.

Danke auch an Tina, die mir in einer Zeit des Zweifelns unbewusst neuen Mut gemacht hat. Toll, dass dein Mann dir das Handy im Bett verboten hat und du so das Lesen wieder für dich entdeckt hast. ☺

Und danke euch allen für eure Geduld!

DIE X-REIHE

STAFFEL 1:

ES BEGINNT

ES BREITET SICH AUS

ES ZERSTÖRT DICH

ES BRINGT DEN TOD

STAFFEL 2:

IN DUNKLEN ZEITEN
IN FREMDEN KÖRPERN
IN GRÖSSTER NOT

GEPLANT FÜR ENDE 2017:
IN TIEFER NACHT

STAFFEL 3 ERSCHEINT AB 2018

Elenas Rabe

 Drei Dinge sind es, die Elena seit frühesten Kindertagen von ihren Eltern eingeprägt bekommt:

Tugend, Fleiß und vor allem Hilfsbereitschaft.

Doch dann trifft sie auf den skurrilen Corvid, der ihr offenbart, dass nichts so ist, wie es scheint und ihr eine Welt voller fantastischer Wesen vorstellt.

Elena gerät in einen Strudel aus Abenteuern, Mythen und Ungeheuerlichkeiten und der einzige Weg zurück führt durch den Goldenen Bogen, der erst dann erscheint, wenn sie es schafft, einen Krieg zu gewinnen, der nicht ihr eigener ist.

Blut wie die Liebe – Dilogie

Blut ist dicker als Wasser, heißt es. Luisa kann dem so nicht zustimmen. Nachdem sich die Familie von ihr und ihrer Mutter abgewendet hat, pendeln die beiden durch ganz Deutschland. Daher weiß Luisa bei ihrem Umzug nach Kreuztal schon, dass sie in dieser kleinen Stadt nicht lange bleiben wird.

Umso überraschter ist sie, als sie hier Yasin kennen lernt, in dessen Familie sie das erste Mal Anschluss und Geborgenheit findet.

Es könnte alles so einfach sein, wären da nicht noch Justus, der Luisas Welt komplett auf den Kopf stellt und ein Geheimnis, das von so großer Bedeutung für sie ist.